母亲花

黄凤桥◎著

上海文艺出版社
Shanghai Literature & Art Publishing House

图书在版编目（CIP）数据

母亲花 / 黄凤桥著 . -- 上海 : 上海文艺出版社，
2023
（神农文化）
ISBN 978-7-5321-8924-3

Ⅰ.①母… Ⅱ.①黄… Ⅲ.①散文集—中国—当代
Ⅳ.①I267

中国国家版本馆 CIP 数据核字 (2024) 第 008576 号

发 行 人：毕　胜
策 划 人：杨　婷
责任编辑：李　平　程方洁　汤思怡　韩静雯
封面设计：悟阅文化
图文制作：悟阅文化

书　　名：母亲花
作　　者：黄凤桥
出　　版：上海世纪出版集团　上海文艺出版社
地　　址：上海市闵行区号景路 159 弄 A 座 2 楼
发　　行：上海文艺出版社发行中心发行
　　　　　上海市闵行区号景路 159 弄 A 座 2 楼 206 室　201101　www.ewen.co
印　　刷：成都市兴雅致印务有限责任公司
开　　本：880×1230　1/32
印　　张：85
字　　数：2125 千
印　　次：2024 年 1 月第 1 版　2024 年 1 月第 1 次印刷
I S B N：978-7-5321-8924-3
定　　价：398.00 元（全 10 册）

告读者：如发现本书有质量问题请与印刷厂质量科联系　T：028-83181689

序言：那一抹乡愁

江苏省宿豫区大兴镇党委书记　郭万君

　　我相信缘分。十年前与黄凤桥相识，知道他是两栖写手，一边从事新闻工作，一边撰写公文材料。十年后，我们再次相聚，他送我一部长篇小说，我才知道他业余时间开始写小说了，短短几年出了三部长篇，这是很了不起的。透过这几本书，我仿佛看到一个孤独者在喧嚣世界的一隅的一间小屋子里，与书为伴，耐得住寒寂，守得住日月，在春夏秋冬的四季，孕育着专属于他的果实。我们第二次共事刚好半年，他居然捣鼓出一本散文集。为这本《母亲花》散文集作序，我内心自然很是欢喜的。不单单因为在收录的40篇散文中，很多篇都在征文比赛中获奖，更重要

1

的是：在我们身边，在乡村文艺百花园中，开出这样的一朵绚丽的花，着实值得赞赏和呵护。

这是一本充满乡愁的散文集。《母亲花》的名字会让所有人牵挂母亲、思念母亲，因为《母亲花》里，有你忘不掉的小屋小河，忘不掉的炊烟鸟鸣，忘不掉的父老乡亲！宿迁人把黄花菜称作"母亲花"，人口超过10万人的大兴镇，自古就是黄花菜的故乡，菜农以"大乌嘴"为当家品种，种植历史悠久，经数百年而不衰。明朝第一部县志就有记载，称之为"金菜"，其色香味形居全国产地之首。黄花菜古称萱草花，萱堂代表母亲。每年夏至，正是黄花菜采收时节，从采摘到蒸馏、晾晒，母亲们总是辛劳的，以《母亲花》为书名，意义非凡。

在我看来，黄凤桥的散文和他的小说一样，文章取材善于从小处着手。"流淌在记忆深处的童谣、小荷塘、看新娘"等等，司空见惯的生活场景在细腻语言的加持下更有意味。

长期的新闻写作，也让黄凤桥养成了善于观察和思考的习惯。"那些消逝了的……""那一团花大姐""燕子情思"等，他用良善和慈悲对待世间万物，哪怕一些不会说话的生灵和微不足道的昆虫。

乡镇文字工作被动且繁忙，鉴于这种因由，黄凤桥在难得的外出旅途中，也不放过每一次给他带来感悟的机会。"尧想当年、草原之恋、黄山之旅"等篇，既深情华美，又淋漓酣畅。

浓厚的家国情怀，是黄凤桥创作的源泉。在这片黄土地上，亲近家乡、讴歌家乡，他做得很出色，向我们展示了心中的色彩，每一片色彩都斑斓，历久弥香，散发出爱、浸透着美。

　　窗外的母亲花正在开放，浓郁了我的思乡之情，我愿在为之奋斗，热恋满怀的第二故乡，采撷一朵，两朵……送给普天下和我千里之外最伟大的母亲！

目录

contents

1

街头古槐成追忆

三月十五、四月初八，照例为丁嘴人赶庙会的惬意日子。最热闹的去处，当属大槐树下。说书的、唱戏的、耍猴的、算命打卦的，还有一些江湖郎中，唱牛郎书卖仁丹丸的，似乎约好了时间，一起汇聚于此。那些收鱼的、贩粮的、卖大碗茶冰糖葫芦的、铲刀磨剪铸锡酒壶的、卖丝绒纽扣打铁锻磨的，也如雨后春笋般一股脑儿聚集在这里齐刷存在感。牛行、猪行、鸡行、粮行、金菜行、典当行等几大行也如众星捧月，沿着大槐树依次排开各自做着如意买卖。

佛家说，每棵树里都住着一个树精。想必仓基湖边这棵大槐树的树精年岁更为久长。谁也说不清楚这棵古槐的年岁，只

知道祖辈口口相传这棵树古代为用来拴船的树橛子长成的。后来有人传讲，这棵大槐树的树影子落到了南方，有人说在扬州，有人说在常州，也有的说落到了海南，到了天涯海角的地方，还被一个画家画了下来。还有人说，大槐树早年曾经"出走"过，被百姓跪求土地奶奶祷告"请"了回来，用千斤大铁链锁住。站在大槐树对面的土地奶奶十分同情孤独的大槐树，每到夜晚数着天上的星星给他讲远古的红尘往事，诸如盘古开天地，织女会牛郎，神农尝百草，精卫填沧海等。大槐树听得入迷，便安然驻守湖边，俯瞰这里的一山一水、一草一木，再也不愿到别处溜达了。

丁嘴因仓基湖而得名。早年山东丁氏家族迁徙到湖嘴落户，世代繁衍。旧志曾记载：仓基湖凡阴晦之日，烟雾远空，棹声不绝。湖名源自晋代大富豪石崇镇守下邳时在湖东岸囤积粮食而得名。

不料，进入清季，远隔千里的黄河水裹挟泥沙，咆哮南下，数次狂奔到西楚霸王项羽的故乡，滞留在一个名叫黑鱼汪的地方。

黑鱼汪波浪滔天，深不见底。为防止溃堤，官府在黑鱼汪东面垒砌大堤高两丈有余，长约千米。不料因年久失修，大堤下部渗水，形成一个黑洞。大堤顶部高低不平，行走困难。官府挤出白银，调集上千民夫夯实拓宽，在开挖黑洞处遇到了难啃的"骨头"。民夫用锹挖、锛撬、榔捶，试图将黑洞打开，没有半点效果。现场有人提议埋入炸药方可解决这个难题。等到炸药运来，刚要埋下，突然，大堤震动，一个庞然大物退回到黑鱼汪里。黑洞突然间随之消失，一股大水汹涌直下，直奔仓基湖而来。人们发现，缩回到黑鱼汪里的黑洞，原来是大黑鱼的嘴巴，这只庞然大物，每天将嘴巴伸到仓基湖这边，为的是守株待兔，安享湖里鱼虾美食。这头成精的大黑鱼，大概听懂了人们说话，害怕炸药伤身，抑或嘴巴受伤撑不住了，便隐身退回大汪里。

就这样，一夜之间，仓基湖沧海变桑田。志书记载：康熙四年（1655年），黄河溃决，田庐尽漂没。仓基湖从此夷为平地。岸边用于拴船的大槐树依然健在，见证了逝去的岁月。

这是一株龙爪槐，也有人叫它"阴阳树"。仓基湖沙淤成田不久，怪事出现了：大槐树年年死半边活半边。大槐树的主干并不高，最多3米，三个人张开双臂也搂不过来，树冠却有10米开外。粗粝的树干，裂出道道疤痕，放得进成年人的手指。明清时期，树的左边就有一座娘娘庙，选址的地方地势高爽，如同馒头状隆起，比四周高出许多。

据传，古时候湖泊岸边大槐树附近地势渐渐抬高，张天师云游到此布道，正羡煞凡间有如此优雅环境之时，忽见观世音菩萨洒下甘露，让神医华佗返阳再生，手执银针为黎民苍生针灸。张天师看到华佗满头大汗，救赎排成长队的黎民百姓，这

才知道生活在湖边的仓湖湾人得了一种浮肿病，没有特效药医治。华佗经观世音菩萨点化，将南海边采来的一种野菜熬制成汤，分给黎民百姓服下。张天师心生怜悯，便面对大湖，施展法术，让百姓得到道家驱魔治病符咒法。凡书符者，叩齿三通。含净水一口，向东南噀之，默念咒曰："赫赫扬扬，日出东方，吾敕此符，普扫不祥，口吐三昧真火，服飞门邑之光，捉怪，使天蓬力上破疾、用秽迹金刚降服妖怪，化为吉祥。急急如律令。敕。"百姓照此念起符咒，疾病祛除。没过多时，仓湖湾来了个妖精，修炼成仙，它施展法术，欲坐守仓湖湾长生不老，怎奈仓湖湾水乡阴柔有加，却少了点阳刚之气，于是口吹仙气，凭空长出一座山来。仓湖湾人在湖里打鱼捉鳖如履平地，走路也不觉累人，猛然间兀突突冒出一座山，以后下湖可得翻山越岭，左环右绕，既浪费时间，也消耗体力，而且半天看不到日头出、月牙升，这可让仓湖湾人犯难了。有人请了一位仙风道骨的南方先生看地理，南方先生深得袁天罡真传，便试图阻止长出高山。南方先生说："这倒不难，我帮你们画一张符，选好一个地方，建一座庙便镇住了。"仓湖湾人便大兴土木，经过七七四十九天，到了娘娘庙顺利完工的那一天，小山渐渐夷为平地。

仓湖湾人服用野草后也渐渐康复。人们看到野草酷似华佗手中为人治病的银针，只是颜色亮黄，为纪念华佗功绩，将野草唤作"金针菜"，世世代代种植。到了民国年间，庙里最初住有两个尼姑，每年的三月十五和四月八日，附近的善男信女成群结队拈香朝奉，顶礼膜拜，或求子嗣、或许愿求官、或祈福寿平安，香火日盛。槐树因年久老化，树干中间已经枯成深洞，人们上香直接放到古槐的"肚子里"。一时烟雾缭绕，彻夜不灭。到了晚上，大槐树上群蛇出没，无人敢靠近。

1949 年之前，住在集镇上的丁嘴人，经常在夜里发现有大蟒身子盘在树上，头顶到仓基湖吸水。这条巨蟒长达丈许，引起捕蛇人注意。一天晚上，捕蛇人看到大蟒上树，便上前拍拍蟒蛇尾巴说道："兄弟，下来玩玩吧。"蟒蛇在湖边摇摇头回答："不。"捕蛇人又走近蟒蛇头部，再次拍拍蟒蛇说："兄弟，跟我一起玩玩呢。"大蟒蛇一口将捕蛇人吸进了肚子里。哪料到捕蛇人早有防备，在蟒蛇吞他的时候，握紧匕首，将蟒蛇的肚皮从里面划开，自己从里面出来。大蟒蛇被杀死后，两个眼珠被捕蛇人挖走了。也有人说，蟒蛇眼睛被挖，还没有死，已经遁入地下，头在大槐树底，尾巴在三分支大堤一斗渠桥下。

到了"文革"前，大槐树神灵尽显，树梢每年都要死去一边，而掉下来的枯枝也不能取回家当作柴火。有一年，街上一个老人捡拾槐树枝，捆起背在身上，走着走着，身上的棉袍突然自燃，颇令人费解。1966 年，大槐树树梢东南部分，郁郁葱葱，

其他方位树梢枯死，人们据此判断，祖国宝岛台湾还没有解放。可惜这棵古槐被大兴中学师生"破四旧"挖了，留给后人巨大的遗憾。

小村往事

张海村庄虽小，名气却很大，历史上曾是块风水宝地。人们只知道西晋时富甲天下的石崇，镇守下邳时在仓基湖边的张海囤粮建仓，然后通过附近的河道，将粮食蔬菜、菱藕鱼虾运往洛阳等地。却不知道明代，这里还出过一位武状元。现在唯一留存的古迹便是一口老井，见证着这里的草木兴衰、朝代更迭，见证着武状元时代的昔日繁华。

古井究竟有多古，引起了我浓厚的兴趣。村民韩新平说，砌这口老井所用的砖块属于牛头砖，一头大，一头小，呈梯形。井沿的石块为红砂石，已经锈蚀斑斑。如此看来，这口井的确有些年头了。

20世纪90年代以后,农村普及自来水,百姓不再吃这井里的水。下雨天大量泥沙灌入井内,古井淤平了许多。现在井水离地面还有2米多深。老人讲,以前闹旱灾时,周围的井全都干涸见底,几里开外的杨庄、汤庄的乡民们都排队到这汲水。有一年,村民们下到井底清淤,不由得大吃一惊,原本在井口往下看,黑咕隆咚的,到了井下才发现里面空间之大,即便两个人迎面挥木锨扬场也很难交验,足见井底之宽阔。更为惊奇的是,井底铺排了名贵树木,多年不腐,也许是预防挖井时泥土容易坍塌的缘故吧。

张海人时常提起张伯量,都说古井为张伯量所造。当初挖井时,挖到了东海龙眼,井水像喷泉一样,射出井口,张伯量让人找来几床大被子,包了大量泥沙才把井水验住。

这张伯量究竟何许人也?

张海地势比四周要高,比近在咫尺的黑泥沟河岸高出100厘米。相传古时附近有个桃花岛,岛上有条大蟒,常出来害人。张伯量外出习武,日日练功,决心除暴安良、护佑民生。

张伯量武艺学成,带着儿子一同进京赶考,父子俩双双高登皇榜。儿子成了文状元,张伯量成了武状元。此时的张伯量身高八尺,武功绝伦,他决计返乡灭杀巨蟒。这天,张伯量主动出击,找寻巨蟒。他身着黄裳马褂,腿缠绑带,提上98斤带环砍刀,直奔桃花岛。刀刃出鞘,寒光闪烁,锋芒所指,碗口粗细树木一断两截。张伯量劝退百姓，独自进入荒草丛中，刚走数米，只见鸟雀呼啦飞起。张伯量定睛一瞧，一盈丈大蟒，朝他扑来。大蟒掠过之处，草尽倒伏。张伯量牢牢握紧大刀，运足气力，侧身跳将过去，只取大蟒七寸。大蟒张开血盆大口，一口将张伯量吞入腹中。众人看得口呆，无不倒吸凉气。不料，大蟒连连翻身，最后白肚皮翻朝上面，腹部被一溜剖开，张伯量从中滑出，双手仍然握紧砍刀，可是右耳朵已被大蟒胃酸销蚀半边。大蟒死后，从其腹中取出的铜纽扣竟有两斗之多，可想而知，这家伙加害了多少百姓！张伯量除害有名，深得民心，后来被皇帝褒奖。据说，张伯量用过的那把大刀存放于安徽萧县博物馆。

皇上与张伯量关系非同一般，两人常常一块儿品茗下棋。这天，突然刮起了大风，张伯量放下棋子，向皇上告辞，说是要回家压屋脊，不然大风会掀了屋顶。皇上哈哈一笑："屋脊掀了再盖，跟我一般大小就是了。"张伯量惶恐不已，说道："君为万民之上，臣若如此，则犯欺君之罪，岂敢岂敢！"皇上说："这样吧，朕住的屋脊是双拱龙，就帮你建个单拱龙吧。"于是，张伯量住上了新盖的单拱龙屋脊的房子。

张伯量家道兴盛，让心胸狭窄的小人妒忌。他离开张海，一直在朝中做官。张海来了个南方先生（看风水的），在张海转了一圈，对张海百姓说，张伯量老家地势高爽，英雄辈出，真乃天下难找的风水之地。然而对普通百姓而言，要想发大财，发长久的财，必须沿着村庄开挖一条围沟，方能接到仙气。这样，张海就像一个大元宝，被围沟里的好风水包围着。张海百姓信以为真，于是合力开挖围沟。从早上开挖到晚上，累得气喘吁吁。不料，第二天早晨奇事出现了，头天挖过的泥土，全部被回填了。人们好生奇怪，吃惊不已。

凡人肉眼哪能知道，张海之地属于土龙地，南方先生通灵，能看出水势地脉。南方先生对百姓说，继续挖下去，收工后工具不要带回家，铁锨都要齐刷刷地划在围沟里。百姓不明就里，照着南方先生的吩咐做了。到了第二天，人们再次赶到围沟，里面满是血水，原来土龙在地下翻身，肚皮被一把把锋利的铁锨划破了。人们这才觉醒，扬言要把南方先生活埋了，但为时已晚，南方先生早已不见踪影。张海子从此风水不再，留在记忆长河里的只有那口废弃不用的古井。

如今，流传在当地的老民谣还被人记得。其一是："城门城门几丈高？三丈六尺高。骑红马，带把刀，走进城门绕一遭。"其二是："张伯量，耍大刀。你的人马尽我挑，挑谁？挑张标。张标没胡子，挑你白胡老头子。"

桃花岛历经朝代更迭和大自然的风雨侵蚀，现仅存两个土墩子，在 2011 年新建 325 省道时，从取土坑里又覆盖了部分泥土。在历经几年的改造后，桃花岛已变成百亩桃缘梦基地，岛主曹宝建说，将来宿迁人旅游观光又多了一处景点。

梨树王

梨园湾有个叫钱洪的村子，那里有棵说不清年代的梨树，堪称梨树之王。早先，这里钱氏三兄弟赫赫有名。本来他们祖居"门泊东吴万里船"的浙江海边，家家靠打鱼为生。洪秀全起兵金田，南方战乱频仍，于是便来到苏北的宿迁扎下根来。宿迁也是水乡，过去有仓基湖、白鹿湖，还有骆马湖、洪泽湖。史上黄河数次南下，泛滥成灾，所到之处，汪洋一片。地处宿迁上游的马陵山客水压境，骆马湖成了地地道道的"堰塞湖"。钱洪海拔比骆马湖的湖底还低，一旦骆马湖决口，下游百姓将遭受灭顶之灾。

一天，一位少年在田间翻山芋秧，好奇地将拦水的泥坝用翻

秧棍戳了个窟窿。这下可捅了个大娄子，洪水将口子越冲越大，顿时大地白浪滔天。村民们扶老携幼，喊爹叫娘，奔逃到村里一处高滩上，在一棵老梨树下躲避。钱家兄弟三人在浙江就是"浪里白条"，这回他们的使船本领派上了用场。于是，三兄弟每人撑起一条渔船，奋力在洪水中打捞物品，然后送到老梨树跟前，让百姓辨认，各得其所。

洪水退却后，钱氏三兄弟累得再也走不动路了，村民们自发照顾三兄弟饮食起居，携手抗灾、重建家园。人们感念钱氏三兄弟恩德，于是将村庄改名叫"钱洪"，老梨树生长的地方现被命名为梨园湾。

花开两朵，各表一枝。话说北方有个刘姓财主，拥有土地200亩。财主虽狠毒比不上刘文彩，阴险比不过周扒皮，可是他贪财如命，对长工干活总会克扣工钱。有个伙计雇在刘财主家做长工，在田间犁田时捡到一块乌金。由于乌金比较沉，带在身边又怕财主发现，老长工听人说金银财宝不能埋在地下，这个东西虽然没长脚，可是它会"走"。思量半天，觉得这东西还是藏在附近为好。老长工看到财主家屋后有棵柳树，上面砌了个喜鹊窝，他乘人不备，便将乌金藏在喜鹊窝里。

此后，老长工隔上十天半月都要上树看看乌金在不在，心思全放在树上了。日子一天天过去，长工非常得意，还唱起了"仰脸歌"："今年雇一年，来年去家买马置庄田。讨老婆，吃鱼肉，小日子过得蜜样甜。"

长工信心满满地歌唱，财主听了嗤之以鼻：就凭你这样，真是做梦娶媳妇——想得美。老长工也不反驳，每天照例唱上几句。久而久之，老长工的得意举止引起了财主的猜疑。一天晚上，财主守在家中堂屋后窗口，见到老长工又上了树，感觉非常奇怪。以为是摸喜鹊蛋的，却不见老长工从树上带回半棵草秸。第二天，老长工到湖里干活，财主悄悄招呼一个小长工，要小长工快快上树取一个东西。小长工"刺溜刺溜"爬到喜鹊窝处，伸手一摸，觉得这个东西很沉，又不知道是什么。于是，带下树来，交给财主过目。

财主拿到手里掂量，发觉是块乌金，内心惊喜万分，脸上却不露声色。他不敢对小长工说实话，怕小长工坏了好事。他严厉地告诉小长工，这件事不许外传，不然扣掉一年的工钱，还要送到衙门蹲监。小长工吓得额头冒汗，半天说不出话来。这时，财主把锅底烧透的木炭掏出来，让小长工再放进喜鹊窝里，小长工照办了。

天气渐渐凉了，老长工不再每天上树，眼看就要到年底，只待结完工钱回家。传统的腊八节晚上，财主给每个长工喝了一碗稀粥，便打发他们给牲口添料。老长工瞅准财主上茅厕的当口，快速脱去棉衣，又爬到树上看乌金。这一次，手刚触摸到便发觉不像原先那般沉，取下来拿到油灯下一看，哪来什么乌金，原来

是块烧透的木炭。长工非常扫兴，早上出门干活，嘴里无奈地唱道："乌金变成糊灰炭，明年还是雇工汉。罢，罢，罢，这辈子该派穷光蛋。"

财主将乌金变卖成银两，尽享不义之财。可没过多久，他家就发生了一件怪事，让家中财富大幅缩水。

刘财主有个女儿，二八佳人，貌若天仙，红润的脸庞，手弹得破，风吹得破。已然到了婚嫁年龄，却因患有眼疾，一直待字闺中。老财主心急如火，女儿也暗自垂泪。幸好此女自幼习练琴棋书画，尤其画画已是登峰造极，炉火纯青。如此打发日子，倒也不觉寂寞。

起初，女孩左眼看东西像是有团雾霾遮挡，后来云翳越来越大，看遍无数郎中也不见好，请来巫婆神汉更无济于事，这下可把家人急得半死。走投无路之际，刘财主打马走京城，欲请高明的宫廷御医，解女子疾病于倒悬。于是，在皇城根儿附近，找了家高档客栈住下，又花了五百两银子打点关系，买通宫内一个当差的小太监，太监谎言说是舅舅家的表妹，将情况报给娘娘，烦劳太医百忙之中出宫把脉。娘娘闻听此事，不觉心生善念，又听说女孩貌美如花，更是爱怜不已，待御医出宫时吩咐，务必把女孩眼睛看利索了，将来做个娘娘身边的宫女。

娘娘的话就是圣旨，御医岂敢怠慢。他慌慌忙忙出宫，来到女子歇脚的地方。这御医身居皇宫，阅过美女无数，早已审美疲劳。可当他见到眼前的女子时，嘴巴好半天合不拢。该女子蛾眉青黛，朱唇皓齿，不输西施；细腰雪肤，红妆粉饰，堪比貂蝉。天底下竟有如此靓丽的女子，不会是仙女下凡吧。御医看得口呆，半天才缓过神来。

御医使出浑身解数，望闻听切，也没神煞可下，一口气开了明眼类中药 20 剂，嘱咐姑娘回家好好调理，文火熬煎汤药。老财主一一记在脑里，刻在心上，打马归程，照办不误。

结果，药物服了一剂又一剂，就是不见眼疾好转。数天后，姑娘做了一个梦，梦见好大一棵梨树立在眼前，她用手触摸，却空空如也。第二天，还是做着相同的梦，梦里的场景依旧是一棵梨树在眼前晃荡，枝干粗粝，树叶婆娑。姑娘觉得十分奇怪，她没有告诉家人，而是紧闭闺房，铺展文房四宝，将梦中的那棵梨树画下来。第三天，梦境依然再现，姑娘继续作画。如此两周过去，家人觉得诧异，以往姑娘不是弹琴，便是吟唱，这回怎么不见动静了呢？

都说母亲最懂女儿，财主婆从门缝里看到女儿在专注作画，闺房的床头、柜子上都摆上了画，便轻唤女儿。姑娘见是娘亲造访，便开门让座。财主婆看到女儿画作全是梨树，大惑不解，便问姑娘因由。姑娘便将梦境之事含泪告诉母亲。

老财主一家百思不得其解，实在想不出招儿"破解"梨树之谜，整天还在为女儿的不幸遭遇唉声叹气。

　　冬日去，天渐暖。宫廷御医传下话来，询问姑娘病情。老财主如实禀报，御医无可奈何，最终不了了之。

　　这天，老财主打马带着女儿走亲戚，走着走着，姑娘惊奇地说，我的眼睛里看到的这株梨树，开满了好多的白花。老财主夫妻二人闻言，诧异地看着女儿。突然，一阵旋风刮来，在姑娘身边打着圈圈。

　　老财主心想，今天出门不知得罪了哪路神仙。正想着，远方鼓乐齐鸣，烟雾缭绕，一处庙宇在一片祥云笼罩下清晰可见。

　　夫妻俩一把将姑娘拉到娘娘庙里，庙里香客摩肩接踵，纷纷拈香朝拜，祈求风调雨顺，祈祷家人平安。老财主一家跪在大殿，虔诚地对着大慈大悲的观世音菩萨的塑像连磕了几个响头。

　　出得庙门，一家人继续向前赶路，500里路程走下来，姑娘的眼睛越发清晰。中午时分，感觉眼睛清爽多了。三天后，他们从亲戚家往回走，每走100里，姑娘的眼睛就朦朦胧胧，到家又复旧原词。

　　这天夜里，姑娘又做了个梦，她梦见了观世音菩萨。菩萨点化她："你的眼疾由你的父亲引起，他贪财如命，把长工的乌金攫为己有，业障聚集多了，必害自己害家庭。你眼睛里浮现的那棵梨树长在南方。这株梨树的化身是大善人，早在两百年前，大善人早已修炼成佛。记住，你们家要多做善事，不义之财不能要，贪念之心不可有。做到这些，你的眼睛将很快恢复如初。去吧，只要顺着梨树的影子，一直向南找，便可以见到这株梨树，见到老梨树，你的眼睛就没有大碍了。"

一觉醒来，姑娘起身向父母禀报梦中之事，要父母亲带她去找这株老梨树。老财主听完女儿叙述，大吃一惊，他内心忏悔着，并付诸行动，他把家财一一散发到老长工和当地的穷人手中，自己发誓纵使找到天涯海角，也要了却女儿心愿，还女儿一双明亮的眼睛。第二天，老财主夫妻俩带着爱女，打点行装，离开家乡，遇山开山，逢水涉水，风餐露宿，不舍昼夜，一直顺着梨树的影子方向找去。

经过七七四十九天长途跋涉，终于来到了宿迁。在经过大运河段时，姑娘上得岸来，往东边一看，发觉眼睛更清晰了。于是，又径直向运河东边走去。一个小时下来，走到了钱洪村庄，立在高滩上的一棵老梨树像一把巨大的伞展现在眼前。这株梨树，直径2尺，高过丈许。当地人已经记不清是何年何月栽植。

老财主找了个南方先生，精心挑选一个吉祥日子，买来供品，在梨树上缀上红丝绸和符咒，燃放了鞭炮。姑娘顶礼膜拜，并认这株老梨树为干爷爷。打那以后，老财主一家再也没有回到渤海湾老家，在宿迁梨园湾天天吃斋念佛，集聚的钱财全部施舍给了穷人。

如今，地处梨园湾深处的钱洪人，在这片土地上辛勤劳作，

乐享诗一般的生活、梦一样的环境。"浓荫密匝的果树四季散发着清香，青青的荷叶下常常藏着野鸭……"相信每一位到过梨园湾的人，都会在此找到"诗和远方"的感觉。

乾隆题诗卢大塘

靳辅堪称治水的"大禹",有人赞美他是清代一位水利"超级专家",治理黄河功勋卓著,康熙曾评价他为"治河第一人"。从宿迁通向大海的六塘河上用来调节水患的六个塘子也是他的"得意之作"。

作为六塘之一的卢大塘在张新庄陈庄附近,隔河与仰化镇交界。卢大塘与喜欢下江南的乾隆皇帝曾有过亲密接触,皇帝还留下了一首诗歌。古时候,丁嘴境内的仓基湖南接泗水,隋朝开挖大运河时,泗水河道被借用。为便于仓基湖南部泄洪,地方官员在仓基湖南部和西部重新开挖了一条河道,史称茆家河。清初,靳辅主导开六塘河为骆马湖泄洪通道,此后也作为清王朝的盐运通道，一度也叫盐河。乾隆六下江南期间，曾亲临六塘河，沿途留下不少诗句。

最后一次下江南，皇上依旧兴致勃勃，从大运河边林宫渡口来到六塘河边，居住在大运河北岸的卢大塘。河水清澈，舟楫穿梭，河边芦苇茁壮，河岸槐花吐翠。秀丽的景色，令乾隆皇帝诗情勃发。

时皇上驻跸林宫，林宫与卢大塘近在咫尺。傍晚时分，皇上出宫，来到六塘河边，看到卢大塘附近好多渔民撒网捕鱼，收获满满。皇上问一渔民名姓，渔民诚惶诚恐地说道："启禀皇上，草民卢姓，芦柴的芦去掉草头。"皇上哈哈大笑，"长年出没于芦柴地，怎么没有草呢？"渔民说："草民本姓孔，祖辈从山东曲阜落到此地。"皇上一惊："莫非与孔老夫子一脉相承？"渔民说："正是。"原来卢大塘卢姓确实是孔子后裔，因逃学被追赶到此，躲进了芦苇荡里，后就在此定居。官府问之情况，往往含糊其词。既然芦苇荡救了自己一命，干脆就说姓卢吧。皇上乐了，连称："妙妙妙！"继而诗兴大发，"六下江南回燕京，桃园西尽见行宫。南运北漕风光好，人杰地灵传万春。"

皇上迷醉这里的景色，在随从的提醒下，才回身向宫殿而去。这时候，蚊子正起势，沿途居民个个手执蒲扇，摇个不停。于是，皇上说道："蚊子可恶，即刻起，方圆二里地不得再有其身影。"

　　自古皇上金口玉言，此后这个地方真的蚊子绝迹。几百年下来，据传现在还有一块 50 亩土地上没有蚊子。

白榆情

在乡下,大凡有名气的树木,能够一代代保留下来,它们身上都有一段故事或凄美或悲壮,给人留下深刻的印象。这里介绍一段白榆的故事,旨在唤起人们记住乡愁,不忘历史。

老家附近的继先居委会就有一棵白榆,为1950年所植。乡人叫它"抗美援朝钻天榆",在国家的林业"家谱"里可以找到它的身影。这棵有着红色基因的白榆,让人景仰、让人感奋,让人激发爱国情怀。继先居委会是以革命烈士胡继先名字命名的村子。在这块洒下烈士鲜血的红土地上有一所小学,历史上曾经作为运东地区最早创办的完小——高庄学校,历史悠久,赫赫有名。校园里就栽着这一棵参天白榆。

1949年之前，丁嘴匪患最为深重。曾经有数十人推磨，18名妇女用18张鏊子烙煎饼没够土匪一顿吃的。匪首丁德金以高庄为据点，庄头建有四合院，网罗各路匪徒，在此练兵习武，舞棍弄棒，打家劫舍。抗战爆发，国民党制造反共摩擦。旅长王光夏在泗阳县三庄乡程道口设立据点，将丁嘴土匪收编，他们沆瀣一气，经常流窜到乡下骚扰百姓，疯狂屠杀地方抗日干部，仅区长、教导员一级干部死于他手的就有五六个。

1941年10月17日，程道口战役打响后，彭雪枫奉陈毅之命令，从四师师部赶来程道口参战。丁嘴人民同仇敌忾，200余名热血男儿纷纷冲上前线，英勇杀敌。继先村作为此役的大后方，新四军专门在此成立"生产处"，组织干部群众纺纱织布，做鞋帽服装，组织担架队支援前线。

程道口战役是在新四军代军长陈毅指挥下的一次规模较大的攻坚战。参战部队有山东教导五旅一个团，三师七旅十九团、二十团，二师四旅十团，四师骑兵团，以及其他地方武装，以歼灭韩德勤嫡系王光夏旅1400余人的辉煌胜利载入史册。

不久，宿城获得解放。高家大院被丁长庄人丁国清改造成学堂。

1950年，抗美援朝战争打响。当时，中华人民共和国刚刚成立，美帝国主义妄想把新中国扼杀在摇篮之中，悍然发动了侵朝战争，主席向全国人民发出"抗美援朝，保家卫国"的伟大号

召，得到了全国人民的积极响应，宿迁地区掀起了增产节约和支援抗美援朝的捐献运动。高庄学校的老师教育学生，对国家最好的支持就是好好学习。有个叫杜金尧的老师，在高庄学校专门带全校各年级体育。那时候，兵荒马乱，学生上学都晚，十来岁年纪才上一年级，三四年级的学生已经十五六岁。杜老师把报国的希望全部寄托在孩子们身上，不但教高年级学生在操场上练习擒拿格斗，早上出操，还让全体学生趴在地上，形成"抗美援朝，保家卫国"八个大字图案。其时我国著名的豫剧表演艺术家常香玉捐了一架飞机，此举深深教化感染了高庄学校的广大师生。倪庄组在校三年级学生倪前贵想当兵，但年龄小，家境贫寒，也的确无钱上缴、无物可捐。倪前贵的家人愁眉不展、束手无策。小小年纪的倪前贵灵机一动，心想：国家号召我们捐款捐物，我们在校园植下一株树，也是对抗美援朝的一份贡献啊。

回到家中，倪前贵向母亲说出了心里话，母亲对孩子的做法给予了支持。当即摸起铁锹，将家后一株榆树挖了出来，让倪前贵带到学校。倪前贵带着榆树苗走进办公室，特向校领导王怀仁、张用礼说明情况，请求栽植一棵白榆作抗美援朝的实际行动，他因此受到学校的表扬。班级同学经常提水浇灌，悉心照料，使这株榆树得以茁壮成长。此后，这株白榆便被冠其名曰："抗美援朝钻天榆。"短短 8 年过去，这棵白榆已经长成一棵大树。1958 年实测此株白榆，树高 14.4 米，胸径 0.8 米，茎木材体积约 3.165 立方米，它的第一侧枝上悬挂着一枚飞机炸弹壳，成为学校上课上操的信号铃钟。钟声悠长深邃，时刻指引着一代代学生奋发向上，为国增光。人们在十多里外的三庄、复隆镇、穿城都能看到这棵树的英姿。高庄小学每学期开学都组织学生在大榆树下宣誓，让毕业班的学生聚集在大榆树下合影留念，把爱党爱祖国爱人民的思想灌输到孩子们的心中。

前些年，教育行业为优化资源，撤村并校，高庄学校学堂又被改造成了养鸡场，鸡鸣犬吠代替了往日琅琅书声。如今，这株榆树历经风吹雨打，仍为丁嘴周边最为粗犷的树王，两个树髈直插蓝天。春天到来，枝叶发绿，遮天蔽日，像一把巨大的伞，俯瞰着芸芸众生。由于此株冲天大榆生长高大，前些年不幸遭雷击，榆树主干树梢被雷击断。近年来因遭受腐烂病侵袭，主干阳面腐脱，2014 年又遭美国白蛾啃食，我市著名的林业专家张用宪老先生，老不顾年老体弱，专门乘车赶到继先居委会，为这棵白榆挂水敷药，并带着村民倪前高、吕国其等人，为大树壅土，砌池保护。区绿委办及地方政府也安排管护，经过抢救复壮，白榆得以健康生长，巍然屹立在黄淮平原上，见证着丁嘴人民的赤子之心。

无字的"哩哩"

　　四十开外的农村人，谁都听过打哩哩的声音。春天里，苕子、黄花草长得十分茂密的时候，生产队都要派种地老把式去犁田，把它们当作绿肥深翻在田地，让其腐烂肥田，俗称掩青。麦子收下来以后，要赶着牛在社场上用碌碡子压场，而到了秋天水稻收完，接着又是种麦子时节，耕田耙地仍然依靠老牛大显身手。而在使牛过程中，打哩哩就成为一种别样的情歌，那是从心底宣泄对美好生活的憧憬。

　　我所在的生产队，水牛、黄牛近20条，每条牛都有各自的名字。犁田时最有吸引力的是水稻收获以后。头天晚上贪玩，第二天很难早起，因为人小，乡下没有幼儿班，八九岁才能入小学，既然不能帮助家里做事，大人便不管，只要不捣蛋，不添乱，大人并不过问，所以每天自由自在，无忧无虑。有一次，父母亲赶集去了，让负责犁田的二老爹照应我，其实就是怕我玩火玩水打架，二老爹喊我跟他去地里拣泥鳅，这下可来了神，我几乎是跳跃着跟去的。从上午 10 点到下午 2 点，我顺着耕过的犁铧，捡到了半独篓（上口小，底口大，柳条编织的用具）泥鳅。那时候，人们对泥鳅的好感跟黄鳝一样，不及今天对它亲切。下锅熬出来吃的时候有点腥，还有一股泥滋味，只有腌制以后晒干，与尖辣椒炒着卷进煎饼才好吃。今天人们对泥鳅再也不说三道四了，市场上的泥鳅卖的没有买的多，它比鱼稀缺，农村也很少见了。

在拣泥鳅的日子里，置身于田野之中，犁田的哩哩声响得很远。"噢哈嗨……咔咔咔咔……咔咔咔，呐"，"咔乎咔嗨嗨……"，打哩哩的歌声几乎没有歌词，就像原生态的歌没有歌词一样，无法用文字记录和表述，就是靠犁田人尽情地哼唱，有的就是很高很高的男高音，有的如行云流水，舒缓悠长。

最为壮观的是在打谷场。在机械化程度极低的 20 世纪 70 年代，打麦子碾稻谷，全靠老牛"出山"，七八条牛一起进场，每条牛需要一个人赶着，逆时针转着圆圈，钟表一样机械。第一个领头赶场的一般都是使牛的老手，什么"趴角""二牯"（牛名），最调皮的牛在他手里都服服帖帖的。最扣人心弦的就是领队的哩哩，粗犷、高昂、清澈。赶场一般都是中午，那时候阳光暴晒，粮食很容易碾压下来。火辣辣的太阳放射出的热浪让人觉得疲惫乏力，却很少有赶场人戴遮阳斗笠，他们大多敞头赤脚，脸晒得跟红虾般，周身褐色流油，尽显雄性阳刚之美，其他的赶牛人就在后面跟着转，嘴里也喊着不同的哩哩声，抑扬顿挫，此伏彼起。一场赶下来，少说也要两三个小时，期间没有人抽烟，尽管他们都是老烟鬼，麦草连天，谁也不敢"违纪"，抽烟只是在别人翻场的时候。

20世纪70年代后期，随着机械化程度的逐年提高，赶牛打场的渐为稀少，80年代中期，几乎绝迹，会打哩哩的人大多也在70左右了。哩哩的声音，作为一个时代的音符，早已渐行渐远，赶哩哩的声音萦绕在那个时代的人们遥远的记忆中。

流淌在记忆深处的童谣

六一儿童节到了，大家们还记得自己的童年时光吗？在我的记忆深处，农村人劳作之余，最大的乐趣恐怕就是看看戏、看看电影了。那时候，电视尚未"诞生"，听得最多的是一家一个小广播，条件稍好的有台收音机算是比较奢侈的了。在这之前，没有哪个孩子坐过手推车，更没玩过电动玩具，把畚箕卡在地上自己推着走是那个时代的孩子常干的事。稍大一点，顽皮的男孩夏天偷瓜摸枣，冬天藏蒙蒙、扶鞋犁、挤豆渣、砍钱、打梭；腼腆文静的女孩子则聚在一起捡楝窝、丢羊尾、拾砂姜、踢毽子。其实，生长在那个年代，还有一样东西不被人注意，那就是模糊在脑海里的童谣。

"小毛小毛你的妈，赶快回来家呀，俺说你个第三天，真正回来家……"这首可以算得上摇篮曲了。虽是从大人口里唱出，简单明白，孩子却很容易"理解"。可以想象，天黑的时候，哺乳期的孩子恋母情结尤甚，一时无法回到母亲的怀抱，便把所有的委屈全部用在哭喊上了。年轻的父亲抱着孩子，唱着哄着，直到孩子喊来了妈妈，或者带着撒娇的泪痕进入梦境。

幼时的孩子皆无赖，稍有不慎就会发点小脾气，大人们只好变着花样哄，于是就有了"板三脚"的游戏。玩的时候，可以大人带着孩子玩，也可以几个人一起玩。孩子们统统赤着脚，把小腿伸开，围在地上坐成一圈，其中一人用手往每个人的小脚上点，每点一个，说出一个字，最后一句结束时，被点到的孩子要自动把被点的那只脚缩回来。"板，板三脚。三脚板，桃花板，石榴熟，播了麦。播了小孩种小麦，小麦开花一片白，茄子开花紫微微。大鞭梢，二蚂蚁，小脚大脚，姑娘来哐（缩起来的意思）起。"这样循环往复，最后只剩下两个人的脚了，点脚的人要把他们的脚斜着支撑在一块儿，在两只脚掌的缝隙间，用手心手背继续触摸两人的脚掌，每触摸一次，仍然只说出一个字："凹，凹平凹，凹到底，不是哥哥就是你。"说到这里，点脚的人就把自己的手从两个人的脚缝里抽出来，变成了拳头，继续敲击。"铜锤，铁锤，打死哥哥做蟊贼。"最后被点到的那个就被称之为"贼"了。玩到这里，还有这样说的："提脚摆脚，乌龙海阁，黄龙下马，乌嘴驴，黑嘴马，呱（gu）了呱（gua）。"

在这样的情境下，爱玩的孩子哪个不是乐不可支？

爱听故事也是孩子们的天性。这首《小板凳》童谣演绎的故事给人以无限想象的空间。"小板凳，驮衣衫，驮不动，喊张郎。张郎在家盖瓦房，瓦房里，一碗水，沃给大姐花裤腿。大姐大姐你莫哭，婆家来带了，什么车？金马银马车。什么牛，秃尾巴老水牛。先来的吃块肉，后来的啃骨头。骨头撂在哪啊，撂在大姐花园里……"

童年的歌谣，至今听起来还觉得那么亲切，只可惜好多词句都记不住了。对于这份非物质文化遗产，实在有着传承和保护的必要。

那些消逝了的……

我相信所有的成年人都感慨过生活光阴的无奈，尤其是那些失去了又常被想起的东西。在我的记忆链条上，别人看来近乎微不足道的一件物品、一件小事，每每都会引发我的记忆，那些离我们渐行渐远的东西，如今回想起来确实太亲切了。

货郎担。小时候乡下常见头戴瓜皮帽，担着鸟笼状的货郎，手里举着拨浪鼓，嘴里不停地喊着："大姐换点针线用用啊。"有了货郎担，女人们用不着跑几里路赶集买这些针头线脑和那些不太值钱的日用品。毕竟庄户人挣工分要紧，耽误一个时辰就要少苦几毛钱呢，货郎送货到家门口，也的确方便了人们的生活。

抢菜刀、磨剪子。大多是外地人，老人们都喊做"侉子"，如此说来，看来以山东人居多。他们用砂轮磨刀、磨剪，打磨时发出"滋滋"的声音，从旋转的砂轮上冒出一簇簇火花，只是分分钟的工夫，磨出的刀剪已锋利无比。

箍锅疤盆。在生活条件不好的年代，家中使用年久的铁锅、瓷盆之类的用具，一旦坏了绝不会扔，而是等着匠人整修。街西钱门庄有个杨老头，方圆十里八村闻名。杨老头耳朵背，人称杨聋子。平时不苟言笑，表情严肃，小孩子无一不怕他。记得有年秋天，秋老虎威力无比，我和玩伴大多赤着精腚，好奇地看着杨老头补锅，围观的人多了，害得杨老头汗流浃背，享受不到一点风丝。他放下工具，一把将我拽住。本来杨老头就是个冷脸人，说出来的话让我冷到骨头："小朋友，屁股怎么裂成两瓣了，俺弄个寨子跟你补上。"说着就用一只手捂住我的屁股，另一只手拿着一个两头忙的铁寨子要补，吓得我哇哇大哭，从此恨透了杨老头。直到好多年过去，才知道杨老头是逗我玩的。其实，杨老头是个地地道道的好人，在抗日战争以及程道口战役期间，杨老头在家中秘密帮助部队修理枪炮，也算是默默无闻的有功之人。

爆米花。也算是很难得一见的事了。一只风箱，一只炭炉，还有一个像大炮弹一样的米花锅。炸米花人走进村子，几乎受到所有孩子的一致青睐。不得不佩服炸米花的人，右手拉风箱，拉出来，送进去，这倒不是很难，难的是左手要旋转360度，不停地摇动米花锅，左右手动作不协调、不对称，竟能拉进拉出，摇晃自如。最期待也最紧张的，就在米花熟透的那一刻，炸米花人将米花锅取下来，撬开顶端，对准盛米花的袋子，只听"咚"的一声，炸熟的米花统统钻进了口袋，一股香喷喷的热气扑面而来，那个味道完全不是大鱼大肉可以比拟的。

打夯。还记得农家的草房吗？打土墙需要一种夯，就是以前用石头做就小磨盘的砘。打砘的时候，一般都是8个人，砘的鼻子上有眼，拴了绳子，行砘时有人喊号子，喊号子的人一般德高望重，且声音高亢悠长，"大砘喽——小砘喽，哎哟嘿嘿"，听起来着实振奋人心。20世纪80年代始，好多人家建房打夯都不会喊号子，泥瓦工只是嘴里吐出"嘿、嘿"的一个字，显得索然乏味，了无生趣。

石碾。相信很多人都见过石碾，在我老家的西南角就有一盘。印象中的这盘大碾，碾盘直径在170厘米左右，碾子比石磙大了许多。这盘碾过去一直是用来轧花生油的，轧油时，使用一头牛原地打转，循环往复，拉动碾盘，直至将花生轧完。余下的渣子则用大锅蒸熟，做成花生饼，除了极少部分分给农户外，剩下的全部出售，增加集体收入。

这盘大碾历经多少年，现无从查考，上了年纪的老人都不清楚它的来历。据说，支撑大碾的下面有块石头，石头上留有八仙之一的铁拐李的足印，由此看来，神仙光顾的村庄，也算蛮幸运的美事。庄上人对这盘石碾充满敬意，好多人家认为有神灵护佑，孩子有个头疼脑热的，会悄悄地在石碾旁化纸祷告，祈求平安，甚至有孩子的乳名也带有石头字样的。

桶瓮。现在的年轻人大多没见过桶瓮，也不知道它究竟是什么玩意。那是二十世纪六七十年代，农家用来盛粮食的用具，上口和底端小，腰很粗，因形似瓮，便得名桶瓮。桶瓮做法很简单，先是和好一摊淤泥，先打好底子，然后将淤泥和着有韧性的草类，慢慢往上添加，如同燕子衔泥垒窝，做桶瓮需要连续晴天，不可以瞬间完成，不然会趴窝倒掉。桶瓮盛粮最大的好处就是不肯生虫。过去谁家儿子相亲，媒婆和女方很重视男方家庭有几个桶瓮子，桶瓮越多说明这家日子过得越好。我亲眼见过有的人家借桶瓮子的，在桶瓮子底下塞满麦糠之类的东西，上面放进一些粮食，媒婆和女方一看，喜不自胜，这门亲事十之八九成了。至于后来"东窗事发"，那时男女双方已生米做成熟饭，追悔莫及。

锡酒壶。20世纪80年代之前，农村老百姓日子虽不富裕，但每每遇到红白喜事，或者来了亲朋，少不了推杯换盏。最常见的酒是从小店里灌来的山芋干酒，后来逐步有了高粱酒以及香醇酒类。过去人喝酒，都是用半斤装的酒壶盛酒，老年人为了增加酒的威力，同时也为了保胃，都要在地锅里用文火焐热，这样喝下去立马热血沸腾，浑身来火。喝酒时慢斟浅酌，即使没有什么菜，也要弄二两过把酒瘾。更为可笑的是，有的还用过砂礓蘸点甜油，吧唧吧唧喝一口，再把砂礓放在嘴里嗫一下，可见酒瘾之大。那时候喝酒都用锡做的酒壶，多为外地人到此地把锡产品融化以后，倒入模具做成的，任你怎么甩、怎么踩，都很结实，几乎每个家庭都有，多的达三四把。进入 90 年代，瓶装酒上市越来越多，打开瓶盖就可以直接斟酒了，锡酒壶逐渐退出农家饭桌，就连酒盅使用也逐渐减少，取而代之的是小酒碗。

褶垫子。不知道还有多少人能够见到，我也有十多年没看到了，它是用稻草或者麦秸编成的，一般直径 120 厘米，高度 50 厘米，这是农家盛装粮食，用来垫在底下与地面隔开的物品。不褶粮食的时候，拿出来可以送肥料、运草，到集市卖瓜买菜时候用得最多，摘下的大炮弹、酥瓜、甜瓜，直立着放在褶垫里，瓜的肚脐眼齐刷刷地一律朝上，散发出甜甜的香味，迷你的眼，馋你的嘴。

土簸箕。用于推泥盛肥的用具。土簸箕是用腊条编的，形似没有把子的畚箕。大集体造肥，除了妇女抬泥，有力气的年轻人，则把土簸箕视为挣工分的必备家当。及至后来轮窑场打土，全部靠小车轮背着个土簸箕运土做砖做瓦。自打平板车、手扶机普及以后，土簸箕也逐渐淡出人们视线，再过十年八年，也必将像农村的老式马桶一样，成为稀缺的老古董了。

一包枸杞子

独处，抑或就像现在多雨的天气，总爱翻箱倒柜，如同顽皮的孩子在找心爱的玩具。

办公桌有好几个抽屉，平时很少打开。就在眼前下雨的日子，随手清理一下文档，忽然发现一个塑料包，刹那间，我的心不由自主地咯噔了一下，手也微微颤抖，泪水充盈眼眶。

我这个人平素没有喝茶的习惯，什么龙井、毛尖、太平猴魁、大红袍等，一概视同一个货色。那年在青海喝了不少砖茶，放多了觉得太苦，后来有过一次尿道结石，半夜三更疼得无处藏，实在支撑不住，便想去看医生。半夜三更的，又不愿打扰看大门的袁老头。于是，咬牙将一只脚踏在门锁上，蹑手蹑脚从铁门翻过去。医生只认为肚疼要么吃到了不洁食物，要么受凉了，说挂点水就没事。一瓶水挂完，疼痛果然有所减轻。可天大亮又开始隐隐作痛。此刻，我突然脑海里电光一闪，我坚信没有冻着也没感冒，更没吃什么不洁东西。平白无故肚疼，是不是体内有结石作祟？这么一想，便想喝点排石冲剂试试，到药房买了一盒。我从未喝过这类药，也不知道什么味道，轻轻抿了一点，觉得甜丝丝的，喝过便躺在床上，体会究竟有没有"对症下药"。半个多小时过去，肚子不疼了，只是小腹有点胀，起来排尿，一粒米大小的褐色结石掉在瓷盆里有了响声。

有过结石的过来人告诉我，不要喝茶，多喝开水。从此奉若圣旨，孬好茶叶一概不喝。

前年秋天，我在村子的大汪边杂草丛里发现了一片恣意生长的枸杞子，枝条上缀满了果实。红红的如同缩小了的西红柿，青青的如同不太圆的苦楝枣，枝条的顶端还有好多正在盛开的小花朵。我顺手摘了一把，放在篾篮里晾晒。之后全然不把枸杞子记在心上。母亲看到我晒枸杞子，就让回家的姐姐专门去采，晾晒的"任务"自然有母亲照看。也是由于连续阴雨，枸杞子烂掉不少。早先晾晒的倒是干透了，周末回家，母亲用塑料袋将上好的枸杞子包好，让我带到单位，留着泡茶喝。那时候母亲身体就不怎么好，每天还为这些枸杞子操心，早上拿出去，晚上收回来。这包枸杞子，我一直没有泡，而是放在办公桌的抽屉里。也许该是冥冥之中的感应，这包枸杞子竟成了我心痛的怀念。

　　窗外的雨已经下了三天，还没有丝毫停止的迹象，恰如我拥有一个思绪翩翩的早晨。心，始终没有平静下来。我把枸杞子从包里倒了出来，一颗，又一颗……每一颗，都是我的思念，都是我跳荡的心，但愿这颗心能化作一把小小的雨伞，在这个多雨的季节，为我逝去的亲人遮风挡雨。

伙 伴

"二月二，龙抬头，天子扶犁臣赶牛。正宫娘娘送午饭，宰相覆土把种丢，春耕夏耘率天下，五谷丰登太平秋。"每每想起这首民歌，脑海便浮现古时皇帝左手执黄尤绒鞭，右手执金龙犁役牛御耕的美好画面。据说在北京先体农坛，有一个"御耕台"，皇帝在二月二这天率百官祭天。"设棚悬彩，并配有乐队、唱工百余人，奏乐，唱《三十六禾词》"，围观者万人。

由此，忽然想起一头水牛来。多年前就想写关于这头水牛的故事，竟迟迟不忍下笔。

十多岁的时候，大集体已如强弩之末，不久开始联产计酬，分组包干。一番优化组合，优胜劣汰，有劳力如扎丁的人家"强强联合"，自然成为剑指南山、所向披靡的"黄金搭档"。条件上不差下不差的，彼此心照不宣，秃子不说和尚，这样的家庭当然能走到一块儿，成为第二组。我们家兄弟五个，年岁尚幼，或读书，或吃闲饭，只有一个姐姐为家中干活的"顶梁柱"，于是乎和另外八户老弱病残的家庭结为"秦晋之好"，成为周立波笔下"赵光腚"似的互助组。这一组"囊括"好几个姓氏，被人戏称为"杂姓近房头"，颇有"笆门对笆门，板门对板门"的调侃之意。

生产队在生产工具分配上没有因为劳动力薄弱为难我们，"杂姓近房头"与其他两个组一样，除了分到了叉耙扫帚扬场锨，碌碡笆斗草折垫，还分到了一头壮实的水牛。

这头牛风华正茂，按照当时的年龄，犹如十七八岁的姑娘，性子慢、腼腆、好使唤，从不欺生，即便卧倒休息，骑在它的身上也不尥蹶子。我从水牛的眼睛里读懂了温柔和善良，从水牛的劳作中读懂了坚韧和顽强。开始，九家轮番喂养，轮流使用，一家一周。我们兄弟虽多，但因为人小，没有使牛的本领，可放牛却成为"强项"。轮到我们家喂养时，我们兄弟便争先恐后把它牵出去，吃饭时再慢慢腾腾放回家。

春天，后河崖的河滩上长着嫩嫩的茅草、芦葱，"天然牧场"让老牛乐不思蜀、流连忘返。水牛吃饱了就在河滩晒太阳，慢慢反刍，咀嚼时，往往垂涎三尺。假如你抚摸它，为它挠痒，

它会深情地望着你，时不时眨巴眼睛，用鼻子嗅嗅你。看得出，它在用心和你交流。

初夏时节，河里的芦苇密不透风，站在苇梢的呱呱鸟叽叽喳喳叫个不停；一刻不停的布谷鸟在野田相互嬉戏；黄鹂鸟钻在柳树上轻歌漫语……鸟类美妙的声音，有的缠绵悱恻，有的柔润细语。午后最易犯困，此时将牛拴在河边的桑树上，于堤坡处找一处软软的草地，摘一片荷叶遮住脸上的阳光，在鸟类的歌声里美美地睡上一觉，那是多么的惬意！若是在晴好的日子牧归，披着暖暖的斜阳，骑在牛背上看着"小人书"，那种意境，那种曼妙，竟与王冕何其相似！

母亲说，牛是通人性的，它会记住你的好。每次水牛轮到我家喂养，母亲都是精心服侍，在草料里多拌些粮食，生怕水牛受半点"委屈"。如此饲养，水牛自然膘肥体壮。

那时的我，已经把这头水牛当成家庭的一员，经常和它亲近，总希望它一直健健壮壮的。有时放学回来，即使它在别人家饲养，也会去看看这个不会说话的伙伴。

牛是感情动物，我亲历的一幕至今难以忘怀。那年夏天，半夜时分，我们一家早已进入梦乡，只听父亲冷不丁喊了一声："谁？"我们都惊醒了，以为有贼。这时听到门外传来窸窸窣窣的声音，父亲开门一看，啊！老水牛回来了，正在低头喝缸里的水。

本来这头牛是在离我们家 500 米开外的人家轮流喂养的，庄里的道路呈"王"字形，从最后一排人家到我们家还要拐过一个大汪，不知它怎么挣脱了缰绳，径直找到我们家来了。一家人感动、欣喜、爱怜，如同久别的亲人。父亲忙着把它拴在家院的大柳树下，并为它添草加料。

第二天早上，丢了牛的那户人家发现水牛失踪了，焦急地寻遍后河崖两岸，找遍大庄、潘庄的角角落落，却做梦也没想到水牛"躲"在我们家中。自此，这头牛与我们家的感情有口皆碑。

读高中那年，每天早出晚归，再也没法天天看望我的伙伴了。冬日周末回家的时候，我在"杂姓近房头"一户人家，突然看到了不堪忍受的一幕，看到了一生中心在滴血的场景：水牛不堪重负，瘦骨嶙峋的它悄悄地走向了另一个世界……

从此，我的心里有了一个结，一直无法解开，任何人也无法解开。是的，谁能理解我与这头水牛的情愫呢？我曾不止一次在梦境中忆起这头水牛，忆起和水牛相随相伴的美好时光。

钟　声

好多年没听到记忆中难以忘怀的钟声了。

学生时代，每天与钟声相伴。放学回来，生产队队长总会敲响催工的钟声。铛铛铛铛，催命似的，可苦了单手人的妇女了。既要刷锅洗碗，又要给孩子喂奶，还要应付饿得跟狼嚎似的、一年才能养大的小肥猪。那时候的生产队队长，官不大，权力不小。手下有政治队队长、水稻队队长、棉花队队长，还有会计、保管、记工员之类的"绿豆官"。印象中队长每天的职责就是带人干活，有时候这里走走，那里站站，吆喝吆喝，撞钟也是最为勤快的事情之一。

生产队的钟，严格说来不能算作"钟"。它是一块铁轨截下的钢板。长约 120 厘米，宽约 8 厘米。上面钻了个眼，粗粗的铁丝穿进去，挂在庄上居中的地方一棵榆树上。榆树的主人曾做过地下党，按辈分，他是我远房二大伯，老年因病说不出话来，庄上人大多不了解他在旧社会做过什么，只知道他扛过枪，打过仗，淮海战役送过公粮，还参加过渡江战役。

大集体的钟，使用频率较高，每天早中晚至少敲三次，遇到抗洪抢险等紧急情况很可能敲四次五次。二大伯夫妻俩不嫌吵，相反觉得这算得上一项荣誉。

二大伯有四个子女，唯一的儿子考取了大学，成为全队第一个大学生，毕业后分配在上海工作，干到上海市劳动局副局长、劳改局局长，参与过国家多项大型工程项目。20 世纪 90 年代，家乡抵沪打工的人找到他，着实帮助解决了好多大番小事。这个钟挂在这里，每年小满季节都会吸引庄上的孩子到这里玩耍，二大伯夫妇俩不注意的时候，与榆树相邻的那棵麦黄杏，才是吸引我们的"磁石"。

1978 年联产计酬，接着 1980 年大包干，生产队队长从此"下野"，这根铁轨做就的"钟"也完成了它的历史使命，不知被谁取了下来，很可能当作废铁卖了。

读中学的时候，学校食堂门前悬挂着一口大钟。钟声敲起来传得很远，方圆 10 里开外都能听到。这口钟是炮弹壳做成的，长约 100 厘米，直径约 40 厘米，是日寇犯我中华的铁证。那时候农村家庭，十之八九没有手表。闹钟是很稀罕的物品。学生时代的觉特别好睡，往往搁到头一觉到天亮。那时学校床铺紧张，凡离家五六里之内的学生均不给住校。每晚 8 点放学，步跑回到家里，匆匆吃饭上床，第二天何时上学，时间的把握就有劳父母操心了。除了星期天，父母都会及时提醒起床。但是也有过一次"意外"。那天父母为庄上人家帮忙，休息比较晚，我在朦胧中听到喊起床上学。走出家门，直打寒战，天上的一轮满月，发出冷冰冰的光，走了近 20 分钟，也没听到学校的"起身钟"敲响。到了学校，偏偏比我起早的还有两个学生，班主任不知什么时候被我们大声说话吵醒了，责问我们为什么来得这么早，时间才刚刚过了 3 点。我们发觉学校的钟走对了，父母脑海里的"钟"超前了。晚上回家和父母谈及此事，父母放声大笑。然而从此以后，我上学再也没起过那么早了。

　　时间总是流逝，钟声长鸣耳畔。

院内的石榴树

很久没有关注家院那株石榴树了。周末回家，满树的石榴这里挤成一堆，那儿结成一群，再看顶端，竟有鲜红的花朵仍在争奇斗艳，斜向西北的次干被累累硕果压弯了腰。

大概十一二年的光景了，那天去访一户特困家庭。这户人家的女儿考取了一所学校，女孩因其父母身体不好，家里住的是三间摇摇欲坠的土房子，上学也成了负担，遂饱含热泪写信给县委书记，引起高度重视，最后事情得到圆满解决。女孩的父亲喜爱花草，为感谢咱光顾，临走的时候，他拖着铁锹，从菜地里挖出一株不足10厘米高的石榴树，让我笑纳。

回到家里，在花园的北侧，靠近卧室窗口，我栽下了这株小小的石榴树。此后，这株有着顽强生命力的石榴树日渐健壮。第四年在主干的根部又长出两株新枝，邻居让我将其剪掉，我一直没舍得下手，如今与主干已不分上下了。

每年春天，也就在五一以后，石榴树花期总是如约而至，花期很长，一直开到立秋过后，比百日红开的时间还要久。有一年，妻子去了外地，孩子上学读书，一场春雨浇过，石榴树花团锦簇，有一侧枝不小心将灿烂的花朵开到了窗台。我心底为之感奋，多情的石榴花一连使我高兴了好多天，当天还写下了日记，现在还珍藏在书橱里。

每年秋天，也就在国庆前后吧，石榴渐渐成熟了，最早结下的竟有两个拳头大。摘得晚了，石榴会羞涩地张开嘴巴，露出粉红色晶莹剔透的牙齿，令人垂涎欲滴。这时候，可火了满庄乱跑的孩子，稍大一点的，会用长长的细竹竿，绑上软软的网兜，从墙头外偷偷地将石榴收入囊中。此刻，即使我在家休息，也会睁眼闭眼懒得管。我知道，再调皮的孩子也不敢爬过墙来放肆地采摘。于是心中还暗暗窃喜，毕竟瓜桃李枣，见面就咬，看着一个个红红的、圆滚滚的石榴不去下手，那不是孩子的秉性。八月十五敬月亮，连左邻右舍小媳妇也不怕树上的八角毛辣蜇人，笑呵呵地随手摘了就走，省得上街去买。

老人说，石榴树能辟邪、避恶，看着这株占了家院四分之一地方的石榴树，我怦然心动，一种敬意油然而生。

小荷塘

　　我惊叹家乡曾经的美艳！西晋石崇镇守下邳，偕旷世美女绿珠来到仓基湖，命将士在湖岸凿渠开河，构筑粮仓。绿珠泛舟湖上，夕暮嗅香，悠悠丝竹，绵绵渔歌，采莲姑娘和声互答，满湖的水醉了，满湖的莲醉了，满湖的鱼醉了，满天的晚霞醉了……

　　如此温润华丽的景致，却毁于千年后的黄河改道而不复追寻。"石家在何处，孤霞映水明。湖边采莲女，学唱绿珠声。"每每想到这段历史，心里总有一种难以言状的失落。读中学时，课外赏析朱自清先生的《荷塘月色》，不免要和宿迁古八景之一的"仓基莲唱"比照一番，更是嘘唏不已。

　　心中充满了爱一直挥之不去，如藤蔓一般恣意漫溯，任其在经年累月里疯长。20世纪80年代初期，我居然照葫芦画瓢，在门前"克隆"出一个小荷塘来，一来钟情于朱老先生笔下的景致，二来也算是对家乡千年仓基湖的一份念想。

我这个迷你型荷塘，长约6米，宽约4米，深约1.6米。可谓小巧玲珑、小鸟依人。荷塘的来历纯属无心插柳，信手拈来。

大包干伊始，站在三尺讲台的父亲破天荒捣鼓起了粮食生产。要说教书，方圆十里八村竖大拇指的不在少数，每年初中考高中，父亲都爱为学生"估题"，数学卷末的大题，往往被他猜个八九不离十，远房大哥数学成绩不好，考前找父亲"押题"，居然考取了。要说种田，却无人"恭维"。这一家一户种地可不是闹着玩的，一季不收当年穷。说实话，村子里随便拉一个老农都比他硬梆。按母亲的话说，他就不是种地的料子。二叔不识字，是拎了一辈子老牛尾巴的种地老把式，干起活来生龙活虎，被村里人公认为"大力士"。土地分到户以后，二叔非常保守，种庄稼喜欢随大流，河南的"百泉40""3039"麦种一口气种了八年。父亲埋怨二叔缺乏开拓精神。二叔脾气不好，眼睛一翻："你敢闯，就大胆试试。种不好庄稼等着喝'西北风'吧。"父亲来了"犟劲"，于是，大集体种了多年的"珍珠矮"水稻品种被他像批改作业一样，大笔一挥，毫不留情地打了"×"，别人家依旧闺女穿娘鞋，老品种照样当家，我们家却种植了"国际24"新潮品种。

六月麦收栽大秧，国庆过了稻登场。看着满田金黄齐胸的稻子，父亲心花怒放，一时高兴，便从20里外的关庙买回来一只石磙，留着辗轧水稻。刚打下的水稻籽粒修长，就像现今的长粒稻。煮好的米饭，在锅盖揭开的刹那，满屋喷喷香，像是洒了淡淡的香水。

晒干扬净，笆斗过称，产量居然高过了"珍珠矮"，粮管所过磅人脸色出奇地好，捏起掌心的稻粒扔进了嘴里，像嗑瓜子一样，门牙一咬，谷干焦脆。之后，一路小跑与所长耳语一番，所长说加价收购，有多少要多少，不封顶。一同卖粮的庄上人这才回过神来，愣愣地看着父亲数着白花花的"银子"。

那一年是我们家收获满满的一年，与大多数家庭一样，盖房子成了头等大事。眼看着我们几个兄弟像春雨浇过的麦苗一般旺长，孩子大了总不能挤在一张床上！

盖房先杠宅基，取土却成了难题。集体土地全部分到农户，只好先从自家土地上"增减挂钩"。

我们家门前有条东西大沟，西连前大汪，向东然后北折，通向后大汪。大沟北面便是我们家的土地，姐姐作为家中唯一的强劳力，便独自承担杠宅基的重任。今天推三车，明天推五车，一个冬天过后，前屋的宅基便大功告成。第二年开春，家中新房子拔地而起。

惊蛰时节，春风绿了小草，柳叶被剪成了鹅黄。我坐在废弃的取土坑旁，沟渠里的一阵蛙鼓震撼到我的心灵。此刻，一个"无中生有"的美妙想法闯进了我的脑海。

我用铁锹把取土坑边界铲平，挖了些乌黑的汪泥垫底，再撒入一些牲畜厩肥，精心植下8株藕苗、16株慈姑。一个盆景似的荷塘诞生了！

五月初水稻落谷，蒲河渡槽开闸放水，到处沟满河平。看着自己的"得意之作"，心情豪迈的程度不亚于光棍脱单。不久，荷塘的藕芽钻出水面，从嫩嫩的鹅黄色变成了褐色，叶片蜷缩着，渐渐地，叶子一天天放开，变绿、变阔、变圆，像一把没有骨架的伞。到了晚间，南湖的稻田里蛙声响成一片，门前的小荷塘里的青蛙与之呼应唱和。它们谈情说爱如此"高调"，回报率自然是很值得期待的。没几天，青蛙们便在水边产下一嘟嘟卵，这儿一块，那儿一块，黏糊糊的，纠结在一起；数周过去，它们渐渐长成了一个个可爱的小蝌蚪，黑压压地挤在一块儿，无拘无束地游荡在荷塘里。

夏至时节，我终于等到了一朵白莲骄傲地在绿池中盛放。有了这朵白莲花，仿佛整个荷塘里飘散着一股淡淡的清香，愈加沁人心脾……

第二年春天，村里吆喝着从村部修一条直路，路基正对着我那片心爱的荷塘。

荷塘消失了，到了麦苗拔节的时候，我远离了故土，外出

"淘金"去了。那片荷塘从此埋进了心底，而那朵白莲花却始终在心头盛放。婚后，我在三叔的老宅基上新建了瓦房，前面有片120多平方米的绿肥塘，好多年都作为鸭子白鹅们打情骂俏的栖息地。本想再种植一片莲藕，只可惜邻家树木参差，终日不见阳光，只好熄灭了这一念头。

很怀念懵懂青涩年代，怀念那片植根于内心深处的小荷塘。

梦里的枣树

好久没看到结在树上的大枣了。老家最引人注目的枣树，当数远房伯母家那棵。去年秋天挂了一树的枣儿，远远望去，大大的个头，竟像染了色的蚕茧。小时候到二叔祖家院举棍砸枣子的日子，现在想起来还是那么惬意。远房伯母长得宽头大脸，一个队找不到几个跟她一样白皙的皮肤，即便八十岁都没有多少改变，也许这就是无数人赞美的"冻龄"吧。

我家和远房伯母为近邻，站在门口喊一声都能听到的那种。伯母对我们的家人疼爱有加，我家过去经常因种田误了及时回家做饭，尤其春季养蚕那阵子，更是忙得摸不着铺沿。我和妻子急急忙忙回家，远远地就看到伯母在门口等我们，在她家"被吃饭"司空见惯。

这两年，土地流转了，不再为二亩地奔波，一门心思在外面，回家机会也少了许多。今年过年来到老家，看望了伯母。伯母身子骨依然硬朗，寒暄客套一番过后，忽然记起她家的枣树，起身一看，这株枣树愈发强势起来，长高了，粗壮了。伯母嗔怪道我，也不回来吃大枣了。来年八月十五，一定回来打上几斤尝尝鲜。

时常记住伯母的话，居然日有所思，夜有所梦。对这棵"粉"了好久的枣树，兴许是馋嘴的原因，今夜有缘相会！

如何讨到大枣，我颇费周折。好像就在晚上，央视《新闻联播》结束，我将前屋门前的灯打开，漆黑的天空顿时灯火通明，水泥地坪上似乎也亮堂了许多。我披上衣裳，独自向伯母家走去。仅仅几步地的工夫，却在走动时想到了大枣强身健体的功能，记得最真切的一句话便是吃大枣可以健脾胃，醒来很觉得好笑。

此刻伯母一个人在院内推磨，我进门以后，第一句话便提到大枣。俗话说瞎子会编，聋子会扯。伯母没听清，以为我去借水舀，放下磨棍，就从水缸里捞起水舀递给我。我哭笑不得，只好推开门说亮话。这回伯母听清了，笑着调侃道："你看俺这死耳朵，人说城门楼，俺说马屁头，大枣变成了水舀。"说完，便拿上一根长长的竹竿，在枣树上一阵挥舞，只见落下的大枣四处滚

去。伯母要我慢慢捡拾，她又捡起磨棍，继续推磨去了。

一梦醒来，虚幻与真实并存。梦里的伯母现在已经 83 岁，身体虽健朗，但再也不可以推磨了，也没有再见到农家推水磨了。那棵萦绕我梦的枣树依旧，只是不知道今年的果实挂了多少，等成熟的时候一定去看看。

那一团"花大姐"

读过杨朔的《荔枝蜜》，便对小生灵格外怜悯，觉得所有有生命的东西都该和人类平起平坐，灭杀它心里总觉不安。大路朝天，各走一边，你行你的阳关道，我过我的独木桥，如此相安无事，岂不快哉！

宿舍窗户的上方，我用两颗铁钉缠了根铁丝将窗帘绷紧。去年深秋，突然发现右边那个铁钉周围集聚了三五十个"花大姐"（瓢虫）。它们抱成一团，紧紧依偎。我一直没有碰它们，在漱洗的时候，抬头总能看到它们的身影。冬天马上到了，我在想它们如何越冬，这个房间没有空调，没有暖气，在雪白的墙壁上，它们能否迎来新一年的春天？

冬至到了，一年当中最冷的季节。西北风将外面高高的三座铁塔吹得呼呼啸叫，屋后的白杨枝干冻得吱吱作响。盖了两床被子才觉得比较舒适，这些小小的"花大姐"会不会被冻坏。零下六七摄氏度的严寒，它们一动不动地贴附在墙壁，似乎看不出丁点儿生命迹象。这些傻傻的"花大姐"，你们这样越冬，是不是找错地方了？倘若在这里失去了生命，来年说啥也该早早地把你们的同类赶走。

冬去春回，乍暖还寒。"花大姐"依旧坚守那块"阵地"，它们也许被冻死了，我舍不得惊扰它们，也不会将它们扫除，也许这儿的书香气息便是它们寻求到的理想"归宿"的原因。然而我更期待它们还能活下来，创造生命的奇迹。

今天早上，我忽然发现脸盆里落下一个"花大姐"，我轻轻地用手捏住它，它竟张开了小小的翅膀，想要飞起来。我不由得一阵惊喜，激动的眼眶蓄满了泪。抬起头来，再看看原先那一团"花大姐"，一下子少了许多，我的内心涌起了莫名的感动：那么小的生灵，在墙壁上也能安然度过难熬的冬季，这是一种怎样的顽强，这是一种怎样的忍耐，这是一种怎样的抗争？它们那么地热爱自然、热爱生活、热爱生命。它们给人类怎样的启迪，给了我多么励志的鼓舞！遇到困难，或身处逆境，不妨先学学"花大姐"吧。

野菜飘香

　　四月的天气，柔和明媚，风情万种的大自然撩拨着每个人的心。如果说此时的桃红柳绿、红男绿女让你一饱眼福的话，那么乡间沟渠路边的野菜一定让你馋嘴生津了。

　　关于野菜，在我的记忆里吃过好多种。什么山木荠、荠菜、七菜芽、尖尖冠、马芹菜、霜芽子等，不一而足。还有番瓜头、苔子头、黄花草、槐树花、榆树叶都可以归到野菜的行列。山木荠、荠菜、七菜芽、霜芽子都是烧菜饭吃的，碱碱冠、菊花脑、小蒜是拌在玉米或者小麦面炕着吃的，马芹菜做成馅专门用来包饼，那种香香甜甜的味道，实在比现在的大鱼大肉诱人。

　　然而，我第一次挖野菜竟是与断奶有关。5岁那年春天，母亲生下二弟已经八个月了，那时候我还没有断奶。常常当二弟吃奶时，只要我在场都会沾光。母亲为我断奶可谓煞费苦心，她教我认识一种草，后来知道唤作渐渐苦。母亲要我出去挖，我拖着豆扒，出门到北边的汪塘边刨了一些，伸手交给母亲，本以为用来烧菜饭的，母亲把我喊到面前，要我吃奶。我好高兴，刚吃一口，就发觉"苦"不堪言。原来母亲让我尝到了渐渐苦的味道，从此断奶成功。

很小的时候，我生就一副吃稀饭的皮囊，至今仍然对菜饭情有独钟，一天三顿不嫌烦。尤其是用水磨推出来的糊糊，加进一些野菜，真是脱帽子比和尚还能吃。记得有一年，小姑姑从沭阳那边采来了一篮霜芽子，奶奶把霜芽子泡在水里，里面还加了一块耕地的犁铁，沤制一周左右就可以烧菜饭了，倘若不沤制，吃起来很涩。第一次吃霜芽稀饭，也不知究竟吃了多少，反正那天早饭后睡在草堆旁起不来了。此后的多年一直没吃到霜芽子，心里还有一层念想。去年就打算到沭阳的地盘找找看，到了今年因天气干旱，朋友说地里几乎绝迹了，再者，霜芽子毕竟是属于草类的植物，长在麦田里会与小麦争肥，被农药除尽了。在中学读书期间，因是走读生，也为了省下饭菜钱，每天都要跑到家里吃饭，特别是中午那顿饭，放学时间来去只有一个半小时，可谓匆匆忙忙。母亲总是把饭烧好等我回来，有一天回来晚一些，盛出的饭太烫，担心吃慢了会迟到，便一次盛出好几碗七菜芽饭，吃完就立马往学校赶。听到预备钟声已响，我不由得跑了起来，肚子里的稀饭随着脚步跟着晃荡，都听得到声音了。现在想起来，总会忍俊不禁！

春天的时候，还有一种东西值得期待，这便是雷圈了。它像野蘑菇，却又比蘑菇光滑，颜色灰暗，也不像蘑菇那么白，长老了的时候就像一把雨伞状。老人总是对小孩说，这个东西只有在打过响雷的时候采下吃，烧汤、炒韭菜味道特鲜美。需要注意的是，苦楝树、臭椿树等树脚下长出的雷圈是有毒的，不可以食用。

现在城里人买的野菜大多是荠菜。别的野菜很少吃到，几乎也没人买卖。春天，荠菜在农村的沟渠路边比较多见。如果是麦田里长的，则说明麦子的主人懒，没有在田里打农药。一些村姑就会提着篮子或者蛇皮袋，到田里割下，然后回家把菜里的杂草清理出去，采多了可以出售，少的留着自家包饺子。除了荠菜以外，我也很少再吃别的野菜了。去年到张新庄村，在村部北面通往苗冲的道路两侧，我发现竟然长了那么多的菊花脑。这是我长那么大第一次看到，小小的黄花，开在堤坡、路旁，不招眼，它的药用功效据说可以明目、醒脑。春天采来的嫩叶烧鸡蛋汤，非常爽口。

真想在这个季节出去采摘一些，把春天带回家，让野菜的香味弥散在唇齿间，弥散在暖暖的心房，弥散在如诗如画的家园！

看新娘

现在庄上人结婚，很少有人专门为了看新娘而去凑热闹，蹲在家里大腿跷二腿看个电视，掐个手机，不用出门便可饱览世界。20 世纪 70 年代可不一样，庄上有人家举办婚礼，那是全队出动，要挤破门槛的。那时候，别人结婚，在孩子们眼里等于一项最高级别的娱乐活动，年轻人更是趋之若鹜，男男女女围破门。

印象中最为深刻的一次，当属庄上一家姓赵的老表哥结婚。早秋的乡村，瓜满地，果满枝。老表哥从部队回来完婚，看他一身绿军装，红红的帽花领章，还有那走路虎虎生风、神气活现的样子，让人看了羡慕。

为了看新娘，我一直等到太阳落山，闹新娘的时刻终于来临。一些愣头青般的大小伙子，硬是把新娘的老公公逮住不放。老公公官称"老会计"，大概近五十多岁的年纪，长得人高马大，20岁左右就在地方武工队里给一个姓任的首长当警卫。这个首长参加过宿北大战，在来龙庵附近打仗，眼睛受了伤，从此一年四季流水，直到老年也没干水气。1949年之后，分配到浙江省浙西交通部门，托人带话让老会计去浙江工作，老会计不识字，不想去。况且家中老的老、小的小，终究恋土难移，自认为干个生产队管账的会计，也算一个好差事。老会计别的专长没有，倒是打算盘可谓一流似水，据说，大队年底盘账，请他到场核对，他左右开弓，双手拨弄算盘珠，硬是把报数字的人惊得目瞪口呆。

　　老会计眼睛很大、嗓门特大、块头硕大，加之有擒拿格斗的功底，一两个小伙子很难将他降服。碍于闹喜习俗粗野，三天不讲大小，主家还不得摆脸色，老会计跟庄邻大多有点扯不断、理还乱的亲戚关系，而闹喜的大多属晚辈。只听他连嚼带骂，当然也不是撕破脸皮的那种，只是把闹喜的毛头愣小子震慑一下罢了，万万不敢动棍动棒的。只听老会计找准其中领头的一个，要和他拼酒，这还了得！谁不知道老会计是海量，一顿一斤不在话下，一天三喝眉毛不皱。打我记事以来，真的没听说他吐过酒，更没有在公开场合耍过酒疯，出过洋相。只见老会计顺势从厨子那里抱来一坛子白酒，这个黑黑的坛子，上口底口一般大小，中间大肚子，起码可装 10 斤。小伙子们没有见过这种架势，唯恐躲避不及，四处逃窜。老会计哈哈大笑，嘴上不依不饶："有本事都站住，有种的敞开肚皮喝。"最后，负责拦门的表兄表弟"阵地"失守，新娘子得以进了洞房。这时，小伙子不甘心又聚到一块儿，再闹一把新娘。谁知新娘身边的表姐表嫂妯娌潮水般聚拢过来，新娘的"保安"太多了，里表外表的姊妹之多，比贾宝玉家差不了哪里去。人多势众，单靠两三个人根本近不了身，双方僵持不下，闹喜的赖着不走，要求给些喜糖喜烟。眼看天色已晚，闹喜的人想出了一个让新娘以及守护新娘的人均不可容忍的"坏招"。有人从地里摘来了辣椒，然后挤成辣椒汁，再用水稀释开来，吸入比拇指还粗的芦柴管里，当作"水枪"使用。这一招果然奏效，老会计出面了，立即按闹喜的人头数，逐一分发水果糖，方才平息此事，新娘这才一身汗水，谢天谢地坐到了床桄上。

俗话说，刁人看一眼，痴子看一天。那晚，我等到闹喜的人散了，才发觉自己回家实在太晚了。黑灯瞎火的夜晚，一个人不敢独自回家。我家在最前面一排，虽然二三百米路程，却要路过一个大汪。大人时常告诉我，大汪里出过水鬼，大白天水面上飘过行走的荷花。好不容易等到一个比我大 4 岁的本家叔叔，两人一起往家走去。回家路上必经一块瓜田，瓜田李下，对于顽童实在难以做到目不斜视。叔侄俩"一拍即合","臭味相投",做起顺手牵羊的勾当来。我摘下的是一个名叫"洋糖罐"的瓜,这种瓜瓢很甜,缺陷是皮又厚又硬,我们一路走,一路啃起来。不料,我的牙齿一下子被厚厚的瓜皮"崩"掉了,鲜血从嘴里往外冒。此刻吃瓜的欲望一下子飘到九霄云外,我扔下瓜撒腿就往家跑,跑到水缸前,摸起水瓢漱口止血,不一会儿血真的不再流了。

第二天跑出去玩的时候,同伴指着我空荡荡的门牙嘲笑,至今想起此事仍觉好笑。

我这一家子

相信很多人都知道，宿迁要建大兴通用机场，选址在一个叫作黄水庄的地方。听其名，闻其声，过去这里自然不缺水。东沟崖、后河底、西大堆，这些地名无不充满水域色彩。

黄水庄过去很穷。五大爷曾经腰别一把镰刀，夜间翻墙将一户孙姓人家的榆树皮刮了，留给刚生产的媳妇坐月子熬稀饭。还有一个年轻人偷吃湖里的山芋，被生产队社员吊打一顿。在我童年的印象中，"春天一片盐碱滩，夏天到处水汪汪，冬天一片白茫茫"，便是黄水庄的真实写照。至今，我还记得祖父祖母刮盐碱在大缸里熬卤的场景。

我的祖父生于戊戌变法那年，十几岁便雇在一个姓丁的地主家做"总管"，祖父种地堪称一把好手，牵牛打场，走前面领号子声震八方。缮草屋、打歪篮、编草鞋，周遭有名。临解放时，地主将一只花皮碌碡"奖"给了祖父，至今还被我的二叔保留着。祖父不识字，尝够了没有文化的苦头，他发誓让孩子读书。旧时代受重男轻女思想影响，我的五个姑姑都是文盲，四姑8岁就被送给朱姓人家度命。有幸的是我的父亲和三叔能够饱读诗书，吃了皇粮。

作为长子的父亲，一路念完小学初高中，读完师范刚巧遇到下放。他干过生产队会计、大队会计、大队长。20世纪60年代，大队办了所学校，缺乏教师，大队书记马洪亮动员他教书，任戴帽初中数学老师。父亲刻苦用功，获得南师大数学系毕业证书。三叔初中毕业考取了南京粮校，成为那个年代屈指可数的高才生。毕业后去了大西北，先后担任黄南藏族自治州粮食局局长、商业局局长、审计局局长，在青海省审计厅离休。二叔从小膂力过人，这一"优点"被祖父发现，一心想培养二叔为种田"接班人"。二叔似乎对读书也了无兴趣，便去扒河打堤挣工分，赚取了"大力士"的绰号，倒也名副其实。他那个劲头，无论扒河打堤，耕地打场，谁敢与之抗衡，这在全村都没人敢否认。

大集体年代，一个教书先生抵不上一个壮劳力。我们姐弟六个，只有姐姐一个劳动力。年底，生产队公布收支分配，"透支户"一栏，我家总是"赫然在列"，想抠都抠不下来。至今因为生活的念想，常记得一件刻骨铭心的往事。五六岁时，我常常背着大人偷吃糊灰碳渣（煤炭烧焦后的灰），即便母亲带我姐弟几个走娘家消夏，我也没有悔改，将烧火棍拿出门，一边走，一边将火棍举在嘴边，学着吹喇叭的样子说："我去吹高高给给（小时候感觉芦笙发出的声音）。"个中意思当然只有自己和父母亲懂得。母亲追出门毫不客气将烧火棍夺了过去。外祖父说："乖乖，这个吃不得，舅爹家还没穷到这地步。锅里的毛刀鱼还有猪肉烩豆角还没吃完呢。"其实，我之所以吃得下糊炭灰，是体内缺乏一种维生素。

回到家，祖父默默从街上买回两根油条，到了离家二三十米远的东沟头，便用细线拴住麻花一端，放在地上拖着，边走边喊我的乳名。我跳跳蹦蹦接过来，顾不得脏兮兮的泥土，三下两下馋巴巴揉下了肚，感觉现在的汉堡、炸鸡香不过那两根麻花。

贫穷的日子总觉很长很长，我对生活的理解，便是填饱肚皮。高中时期，我是走读生，曾一口气喝完七碗稀粥，走在路上，肚子随着急促的步伐，"咣荡咣荡"作响。为了改变家庭面貌，更为了摆脱我滑入光棍行列的危险，父亲托人把我找进了面布厂做仓库保管员。面布厂除了保钳工，清一色十八九岁的靓丽女子。可是，这一大群美女都和我无关，虽有个别人打听我的家庭，有的甚至在门前屋后溜达三圈，我家的草房子总是让人失望透顶。直到改革开放的春雷响起，我家也和亿万家庭一样，喜庆气氛就像充了电一样热烈。1984年，家中粮食获得空前丰收，父亲搭个棚子在社场晾晒，夜晚便睡在那儿，看着金灿灿的稻谷，他的笑声比谷粒还多。

党的改革开放的好政策点燃了我在中学时期就萌发写文章的梦想，我暗中和做木工的老表较劲：你三年手艺"出师"，我三年凭笔头吃饭。从此，我重拾书本，不断充电，没事就看书，在树林里看、在磨顶上看、在锅门看。我借来大学文科教材，《人民文学》《小说界》《雨花》《十月》等杂志，从书中"神交"了蒋子龙、王蒙、铁凝等文学大咖，裁下生产队养过蚁蚕的草纸记下大量学习笔记，用牛皮纸包装了封面，上面用毛笔写上"文学之窗"四个大字，算是在文学的大门上叩了下门铃。这期间，还学着写新闻报道，并大胆投稿，最终成为专职新闻报道员。

随着收入的增加，我家在全组率先建起了瓦房。妻子卖粮时，跟随手扶机上街，回来时手攥白花花的钞票，心里从里到外甜丝丝。2009年，我们一家在宿迁买了房，从农民变市民，在城里工作的儿子回家连地边都找不到。这几年，家中土地全部流转，仅剩下一处老房子。宿迁规划要建通用机场，我看了图纸，航站楼中心位置刚好在我家地盘。我暗自佩服老祖宗的先知先觉，将我安放衣胞的地方跟飞机场紧紧

联系在一块儿。

我家的变化是亿万家庭的缩影。生长在如此安宁、充满朝气的祖国，是我家之所幸，是国人之所幸。

燕子情思

在所有的鸟类中，有人歌唱凤凰的美丽，有人赞美翱翔蓝天的雄鹰，而在我们苏北大平原是见不到这些珍禽的。一年四季，麻雀、喜鹊倒是很常见的。还有一种最普通不过的鸟类，那就是小燕子。对燕子的喜爱，说不清源自何时。"小燕子，穿花衣，年年春天住在这里，我问燕子为啥来，燕子说，这里的春天最美丽"，这首耳熟能详的歌谣，就像一首催眠曲，使多少婴儿躺在母亲的臂弯里甜甜入梦！记得小时候曾在外祖父家的菜园里亲手抓到一只，好心好意喂了在那个年代极为奢侈的粮食，燕子却不领情，不吃不喝，也不"说话"。小伙伴告诉我，燕子喜欢吃虫子，不爱吃粮食，粮食省下来给人吃的。一句大实话，使少不更事的我茅塞顿开，竟生出了怜悯之意、负疚之感。于是，我怀着一颗虔诚之心，将燕子放归了大自然，放回了原本属于燕子的天地！

我喜欢聆听燕语呢喃，觉得那是情话，即便听不懂，心中也会漾起暖暖的幸福。中学时代，常常一个人往返学校和家中。一路经过的都是农田，行走在田间小路，常常遇见可爱的小燕子调皮地从眼前飘过，似乎一伸手就能抓到它。最美丽的风景，当属在斜风细雨中欣赏矫捷的燕子穿梭剪柳；本来毫无生机的高压线上，突然有了一群歇脚的燕子依次排开，一下子变得灵动起来，那是只有出自音乐家手里才能谱写出的俊美飘逸的"五线谱"！

老家已经好久无人居住了，但我还时常回家，看看温暖过我的老屋，看看周遭的杨柳，看看院内的石榴树，看看朝夕相处的亲友，那里有我的根，还有我镌刻在灵魂深处的乡愁。我家的前屋有两道门，以前离开家的日子会将前门上锁，后门很少关闭。只是冬天在前屋吃晚饭才关闭，春天、夏天和秋天一般总是敞开着，不为别的，就是因为那些可爱的小生灵小燕子。20世纪90年代初，我家盖上前屋的第一年春天，两只小燕子停留在第两道檩条上，我不由得喜上眉梢，专注地聆听它们喁喁私语；接下来的几天，这两只夫妻燕辛勤劳作，和泥垒上了一个窝，我钦佩这两个小生灵的"杰作"。"洞房花烛"不久，窝里诞生了五个小生命，经过老燕子精心哺育，新生命一天天长大；分窝的时候，七只燕子时而飞进，时而飞出，忙个不停。然后只见好多好多的小燕子齐聚门前的电线杆上。群燕聚会一定是像为新生儿贺喜一样，送给这窝燕子的殷切期望和美好祝福！

过了一年又一年，每到春天，我都在早春时节期待小燕子归来，它们总会如约而至，就像外出打工的亲人，走了，来了，来了，又走了！我对小生灵的好感没有因岁月的更替而淡漠。周末，我回到老家，一眼瞥见前屋地坪上落下些许细小的土疙瘩，里面还夹杂着根根软草。哦，燕子的窝坏掉了！再仔细看看，还落下两片麻雀的羽毛，这一定又是可恶的麻雀干的好事，以前就见过麻雀在燕窝里"捣蛋"。此刻，心中涌起莫名的惆怅，呆呆地退到门外，凝望着东南方向蔚蓝的天空，望着门前的高压线，却遍寻不到燕子的芳踪，燕子走了，再也找不着了。

金秋，我错过了与燕子的分手，没有来得及多多看看大自然的精灵。寒露到了，燕子是守时的，必须飞到遥远的南方。却没想到走得这样快，匆匆，太匆匆，竟没有看到群燕大聚会！往年我都会留意的，今年再也没机会了，留下了几多遗憾、几多落寞、几多惆怅！

可爱的燕子，明年你还会来我家吗，还会来看看想你的我吗？此刻的你，是不是正跋涉在茫茫的洋面，是不是跃过了崇山峻岭？我为你祈祷，祝一路走好！相约明年，一个姹紫嫣红的春天！

尧想当年

从小到大，在我固执的想象中，脑海里一直浮现这样的成像：华夏人文始祖的繁衍之地，应该在长江、黄河流域。人类文明总是与奔腾不息的大河密切相关，从传说中的黄帝到上古时代的尧舜禹，我一直把老祖先栖息之地做这样的"定位"。不料，在今年夏至后的一趟出游"尧想国"，却完全颠覆了我执着的认知。

我们一行三十多人，大多为乡村演员，从乘车出发的那刻起，一路欢声笑语，唱歌的、吹弹的、说相声的，一个赛过一个，最后倪绍庄压轴的口技惟妙惟肖。鸟鸣犬吠、枪炮射击、飞机轰鸣、闹市嘈杂……各种声音交织，让人赞叹不已。不知不觉，我们走近了目的地——"尧想国"。

尧想国地处金湖县塔集镇文化旅游区。景点主要有上古尧城体验区、尧文化展示馆、庆都育尧体验区、洞房花烛婚庆体验区等民俗文化景点，处处浸润着浓厚的历史文化底蕴。

尧想国里有条水系，它的形状像一条龙，称之为龙形水系。龙作为中华民族的图腾一直备受尊崇。关于龙的传说有很多，龙有九个儿子，个个法力无边，他们分别叫作：赑屃、狴犴、饕餮、蒲牢、囚牛、椒图、螭吻、狻猊、睚眦。他们跟随玉帝身前的转世天神刘伯温辅佐明君，刘伯温手持玉帝赐予的斩仙剑，为朱元璋打下了大明江山。当它们功成圆满欲回天廷复命之时，明成祖朱棣借修筑紫禁城为名，拿了刘伯温的斩仙剑号令九子，企图让龙九子在人间为他服务。怎奈九子为神兽，岂能被凡人所左右，因而个个不服。朱棣遂用计留住了九子，最终得到的却仅仅是九个塑像般的神兽。导游说，龙子中最有意思的算是饕餮。饕餮贼吃贼喝，举世无双，算得上吃遍世界的美食家。哪知吃到最后没东西可吃，竟然将自己的身子给吃掉了。

在尧想国景区中央，最为温馨的当属尧母育尧的画面。这里有一座巨大的雕塑，高约 10 米，汉白玉做成，在明媚的蓝天下，通体给人一种纯洁、美丽、自然、暖心的感觉。尧母双手将尧托起，母子俩深情对望，这一幕一下子软化了我的心。

导游说，尧在塔集一直生活到了 13 岁，而这个雕塑对着西

北刚好呈 13 度角。此后便和他的母亲去了山西那边，山西临汾那边有个尧庙，就是为了纪念尧的，塔集这边作为他的出生地，直到前年才建成"尧想国"。尧生活的时代距今几千年历史，所留资料十分有限。据传，关于尧出生地自元代以来，好多地方一直争执不休。由于年代太过久远，任凭你脑洞大开，只要是合理想象尧时代的习俗都不为过，因为没有人见过。所以就取了"尧想国"这个名字。

"尧想国"里还听到"洞房花烛"典故的出处。据传，尧称王之初，在牧区见到一绝色美女手执火种飘然而至，随风飘来的一股浓郁的香味让尧陶醉不已。尧得知姑娘为美丽的鹿仙，便寻访仙女栖息之地，不料刚见到鹿仙，眼前被一个巨蟒挡住去路，尧大吃一惊，不敢贸然上前。此时已化身仙女的鹿仙玉手一指，巨蟒仓皇逃逸。尧与仙女一见钟情，二人在山洞里结为连理。完婚当晚，仙女手中的火种在山洞顶端燃烧，彻夜不熄。美轮美奂的"洞房花烛"一词便产生了。

美丽的传说总是撩人心弦的。有意思的是，导游说千百年来，人类的吃水井也为尧发明。古代也经常遇到旱灾，在山上吃水需要肩背手提，行走非常困难。有一天，尧在一棵树底下休息，忽然看到树洞中有蚂蚁在爬。受此启发，尧便在地上挖井，方便了人们吃水和庄稼浇灌。取水时，人群聚集，说说家长里短。时间久了，有人发现了商机，便在水井做起了农产品交易，你买我卖，我卖你买，最后居然形成了小集市，市井文化也由此产生。

很难得的一次旅游，既饱览了大好风光，也增加了人文知识。旅游是美妙的，生活是美好的！

黄山之旅

没去过黄山不知道她究竟有多秀美！前些年游过嵩山、庐山、井冈山之后，心里就多了一份牵挂，成行黄山成为一种翘首的期待。

这一天终于来临。周末的早上，我们来到了黄山脚下，导游兴奋地告诉我们，难得遇到这样的晴好天气，黄山一年有三分之二时间会下雨。为了营造旅游气势，导游把我们编成松石44团，后来遇到别的旅游团队，导游又将我们升格为松石44师、44军。

我们通过玉屏索道坐缆车上山。途中山涧云雾缭绕，飘飘忽忽。远处和近处的山似乎也在上下浮动，像是在一比高低。黄山大小山峰各 36 座，最为有名的分别是莲花峰、天都峰和光明顶。最美的景点在海拔 1600 米以上。"峰奇石奇松更奇，云飞水飞山亦飞"，我们真的领略到了清代学者魏源赞美黄山诗句的内涵。第一个迎接我们的景点便是黄山的镇山之石——飞来石。飞来石高 12 米，宽 8 米。石下为巨大的岩石平台。相传女娲补天时不小心将两块石头遗落到地球上，一块遗落在我国的北方，一块遗落在安徽的黄山。据传乾隆下江南到黄山游玩，被人抬到飞来石跟前，他不相信这块巨石是飞来的，便吟一首诗："飞来未必是飞来，定是世人胡乱猜。飞来为何不飞去？不能飞去怎飞来？"

皇上很有意思，不知道从什么地方得到旁证，又确信飞来石是"飞"来的，于是吟了第二首："飞来一定是飞来，不是世人胡乱猜。既然飞来又飞去，当初何必要飞来？"

20 世纪 80 年代拍摄电视剧《红楼梦》时，剧组导演在北方没有找到飞来石，而黄山这块天外飞来巨石便成了开镜镜头。经过亿万年的风吹雨淋，飞来石与底面岩石分化，看起来摇摇欲坠，如此巨大的石块，吸引无数游客观赏，人们发出声声惊叹。每一个与巨石亲密接触的游客，都爱用手抚摸，和巨石合影，期冀给自己带来好运。

从飞来石石阶下去，大约百余米处有个小亭子，为纪念我国著名平民教育家陶行知先生所建，亭子上刻有陶先生的名句：

"千教万教，教人求真；千学万学，学用真人。"这副楹联为郭沫若先生手迹。之后，从西海大峡谷上行，近处壁立千仞，远方崇山峻岭，我们一边向上走，一边回首饱览云海。放眼望去，最顶端就像经过一把长长的直尺，在天空打出来一道直线，将滔滔云海压在直线之下。那个直真让人瞬间产生梦幻般的感觉，不得不佩服大自然的神奇。我们气喘吁吁地来到了光明顶。在这里目睹了远山——猴观海，遥遥地看到了黄山海拔 1864 米的第一高峰——莲花峰。如果说登山让我们开阔眼界，走进了鳌鱼洞才体会到"窒息"一词的准确含义。因是周末，大量的游客挤在里面，行走起来异常缓慢。好不容易走出了鳌鱼洞，再看看身后庞大的队伍有的下到了谷底，有的走在了天上。密密麻麻，像是蚂蚁在搬家。

机灵人看一眼，呆子望一天。我们只顾观赏大自然垂青黄山的鬼斧神工，却没注意与"大部队"走散了。我们接到导游的"命令"，不得去爬百步云梯，不然，下山的时间不够用。百步云梯是当年风靡一时且获得百花奖的电影——《小花》拍摄的采景之地。眼看只有 200 米距离就能到达，可又不敢擅自离队。我们为没有能到刘晓庆跪着抬部队伤员的地方后悔不已，更为没有能攀上莲花峰而遗憾。心里稍稍欣慰的是，我们在当天的行程里，来到了黄山标志性的地方——迎客松面前。

迎客松树高约 10 米，远远望去不是很雄伟，但是它的枝条却以独有的姿态迎接四海宾朋。在整个旅程中，每个游客来到这里都有一种莫名的兴奋。游客纷纷与名松留影，留下黄山之旅珍贵的记忆！

黄山之美，还因为她浸透在艺术之海里。这座名山，因人类始祖轩辕黄帝的敕名而古老文明，曾令古今中外很多名人钦羡不已。唐代大诗人李白，明代大旅行家徐霞客，当代画家刘海粟、张大千、李可染，著名学者郭沫若等，或题字作诗或挥毫作画予以盛赞。黄山的摩崖石刻，更是凝固的音乐，向游人奉献文化的趣味。

黄山人文荟萃，历代名人辈出。唐代诗人杜荀鹤，宋代程朱理学创始人程颐、朱熹，近代人民教育家陶行知，著名国画大师黄宾虹，白话文倡导者胡适，都是黄山人的骄傲。

历史上，最早追溯到宋代就有徽商"贾而好儒"的说法，明清两朝繁荣了 500 年。形成了徽商文化。以义取利，仁心为质，积淀了黄山人与自然社会的深厚底蕴。

"一生痴绝处，无梦到徽州。"游过黄山，相信每个人都有当年陈老总这样的感慨，"我看黄山多雄伟，黄山看我多狼狈"。的确，爬黄山需要吃得了苦的。那天上山，我们多了一个心眼，从山脚下买了一根拐杖，只是途中没有怎么使用，第二天倒是觉得小腿肚紧绷绷的，尤其是步行下坡或者下楼梯都有这种感觉。好在次日不再"游山"，只是"玩水"了。

芙蓉谷是黄山的深山峡谷，我们顺着小道前行，远远就听到黄碧潭的哗哗流水声。黄碧潭坝高30米，宽35米，自1972年筑坝蓄水。每到雨水丰沛的时节，山水汇聚，一路倾泻，潭水铿锵，声震方圆数公里，堪为黄山之"交响乐大师"。在峡谷谷底，大小石块遍布于此，由于经年累月河水冲刷，石块早已变得柔润光滑，形成了鹅卵石。

在黄山，不能不说说石头。黄山之石，形态各异，稍稍变换一个角度，看到的总是别样的风景。最为有名的当数"飞来石""松鼠跳天都""猴子观海""犀牛望月""孔雀戏莲花"等。这些千奇百怪的石头，遍布黄山，有的状如飞禽走兽，有的宛如各式人物，也有的被赋予了历史故事和神话传说。这些名石散落山头，没有数天的浏览是绝不可能看完的。

深居黄碧潭的"觅春石"最有看头，它是冰川漂砾时代的产物，高达6米，长15米，形似云朵，又如怪兽。在巨石的顶端长有一株小树。据传，唐尧之二女唤为娥皇、女英，觅春到此，祥云于是化作此石舫。导游将我们带到藏春桥上，游客恋恋不舍地立此存照，然后进入野人山寨，观看了极具地方特色的歌舞。

黄山还有一种柔美，我不知道黄山的水都流到哪里去了。直到看到太平湖，才依稀感悟黄山的水大概都汇聚到这里了。这里满眼都是水的世界，仿佛置身于水泊梁山。

太平湖是安徽境内最大的人工湖，总面积百余平方公里。山在环抱水，水与山相依。长在水里的山峰并不陡峭，大多是平平的山，山上虽没有参天大树，但无论山的朝阳还是背阴处，都是郁郁葱葱，看不到山上裸露的石块。我们站在一艘大船甲板上，任阳光轻吻面颊，让微风轻掠头发。年轻的姑娘纷纷站在最佳位置拍照合影，模仿《泰坦尼克号》女主人公的姿势，那种神情感觉真的要飘起来了。船在水中行，人在画中游。太平湖清澈的水透出醉人的绿，那种绿，像是加进了染料，就像家乡春天里放开的杨树叶，嫩得不忍动手触碰。

这一次黄山之旅，无论是观赏徽州茶道表演，品尝黄山毛峰、太平猴魁，还是在景点购物，那里的人们都很和气，我们没有遇到强买强卖。即使是导游，也多次友情提醒：不愿买的东西不要买，能在山下买的，不要到山上买。这和以前外出到其他地方结果完全两样。

在参观金牌刀店时，做讲解的女孩子口若悬河、语速极快、伶牙俐齿，示范刀具更是得心应手，剁切自如。她还现场邀请游客登台一试。最后说到价格时，很多人吃不消，有几个女士悄然退出，剩下的大老爷们对刀具本身就不太感兴趣，也纷纷起身离去。我们坐在车上正等着导游和司机，另外一位女孩子匆匆走进车内，很是热情地对游客们赔不是，说是同事年轻，刚才说话也许冒犯了客人，她之所以来，就是当面向我们做解释的。一番客套话以后，问我们对刀店服务质量满不满意，车上的游客你一言

我一语，总说价格太贵。我这下总算开了眼界了，因为这批游客都是当地赫赫有名的小老板，都是生意场上的精灵鬼，想糊弄这些游客，真的需要响当当的看家本领。然而，终究是人家刀具质量太过关，我和好多人经不住"诱惑"，买了一套又一套刀具，当然价格也确实降低了好多。

结束黄山的旅游行程，似乎有点太过匆匆的感觉。倘若有机会，一定再去看看黄山，看看徽州——我的宗族先人生活过的地方。七山一水一分田，阅尽风景天下先。吾本不是黄山客，千里寻根一家人！

亲近运河

脆生生叫唤的小鸟，吵醒我酣然入梦的清晨。起床的那一刻，脑海里倏忽闪过一个念头：趁着大好春光，我要到一个地方去，看看渐暖渐绿的运河风光，这该是多么美妙的享受！

面对娇羞可人的大运河，我的眼前打开了一幅春天的画卷。乳白色的薄雾，轻舞曼妙，给过往舟楫披上一层朦胧的轻纱，空灵而幽美。河水悠悠，丝毫看不出在流动。渐渐地，微波迎着旭日，华美得炫你的眼。沿岸的花开了，粉红粉红的，仙女霓裳的颜色！垂柳在梳妆，直将美丽的秀发向河边拂去，含烟滴翠似乎能打湿你的衣衫。

因是周末，河边早早地就有三五成群的少妇，在石块砌就的河边浆洗鞋子衣服。我在一条长椅上坐下，浏览近处的廉政文化牌，"二不尚书"范景文、笑酌贪泉的吴隐之、"三不清官"海瑞，还有新时期党的干部表率任长霞、孔繁森、石瑛等先进人物赫然在列。

百米开外，就是建设中的斜拉桥了。今年国庆，宿迁这个年轻干净的城市，将"诞生"一座最美的斜拉桥。原先，日本鬼子入侵，在这里建了一座木桥，不知使用了多久。二十世纪五六十年代，连接河西河东的靠渡船。70年代，县政府投资建设一座钢筋水泥桥，被宿迁人称为运河一号桥，于1974年兴建，1976年建成通车。1996年，成立地级宿迁市以后，就在短短几年内，市区运河上相继建了四座桥，已经明显"老迈"的一号桥，因不能承受之重成了危桥。拆除前，宿迁人最不愿割舍，好多人在那里拍照留念。如今在原址兴建的这座大桥，名为"宿迁大桥"，全长660.6米，大桥设计为双向四车道，它将成为宿迁城标志性建筑之一，而为宿迁人引以为荣。在大桥施工的日子里，我光顾这里究竟有多少次，自己也数不清。每天早晨或傍晚，我都习惯到河边散步，呼吸清新的空气，饱览运河风光，数数过往船只，远眺林立的高楼，心境和环境融为一体，内心有说不出的感奋！

感受泗水

泗水的水真多！千年古运河自西向东潺潺流过；城中秀美可人、俊逸俏丽的泗水河，把河岸新建的"泗水古城"打扮得清新脱俗；六塘河水和柴米河在这里交汇。可以想象，那么多的河流，在夏季大雨的时候，一定可以领略到大水归槽的气势，哗啦啦的流水声，那该是多么绝妙的音响！

先说说对大运河的感受。少儿和青年时代的夜晚，总能听得到家乡南面的运河河里轮船经过的汽笛声，漫长且悠扬，好似天籁之音在飘荡、流淌。那时候住在草房里，一豆灯苗陪我看书，电视、收音机、电唱机也是 20 世纪 80 年代以后的事，远方的渡轮鸣笛，绝没有那种迪斯科般的噪音。夜深人静的时候，偶尔听到渡轮的鸣笛，很让人思绪翩翩。亲近大运河，看看缓缓的流水，看看载客载货的轮船，看看河岸绿色的村庄，听鹅鸭鸣唱，听老牛的"哞哞"声，成了一个挥之不去的梦想！这么多年来，看过了多次大运河，却无缘一睹流到泗水城的大运河是什么样子！

六塘河的秋天最美！最值得赞美的当属河里的芦苇了，风儿掠过，成片的芦苇摇头摆尾，芦花就像雪青色的马鬃一样，借着风力，往同一个方向倾斜，如同千万人在场地舞蹈，动作却是那样整齐，气势恢宏。霜降时节，芦苇长得老成，满目萧瑟的冬天，把芦苇身上的叶子一片片地撕去，冷风一吹，芦苇发出吱吱嘎嘎的声音，仿佛在催促农家抓紧收割。靠水吃水，过去附近的人家除了会罩鱼，年岁大的长者，几乎都会打歪篮、编摺子，然后到市场上出售。人们采摘和晾晒黄花菜，囤粮食总离不开芦苇做就的用具。

柴米河与宿豫交界，泗水和宿豫境内秋色平分。这里的春天最美！两岸槐花吐翠，白花花的花瓣开满枝头，若在晴天的正午，徜徉其间，醉人的芳香不熏倒你才怪呢。再看枝头，一簇簇白花蕊里，到处都能见到熙熙攘攘的小蜜蜂在头顶嗡嗡作响，可爱的小生灵追花夺蜜的劲头着实令人慨叹。九月初八，我寻着柴米河西侧的水泥路南行，虽然没见到满目的槐树，却看到了杨树屏障。在六塘河与柴米河的交汇处有一处村落，据说多年前就形成了小街，农村居民居住点有模有样，"我能　我行　我成功"的横幅标语，昭示着泗水的人们创业之志愈加弥坚。

美哉，泗水！

思念远方

在一个人的记忆中，远方的概念很难以里程衡量。少不更事的时候，会将一河之隔的村庄看作远方，及至青壮年，风华正茂，好男儿志在四方，千里万里是为远方。韶山火红的杜鹃、井冈的青青翠竹、洛阳华丽的牡丹、北京香山的红叶、美丽的西藏风光、还有阿诗玛的故乡、云南的大理、太湖的鼋头渚，这些勾人魂魄、神秘莫测的地方，都会让人们背起行囊，徜徉在如诗如画如痴如醉的天堂。

孩提时代，远方之于我，便有一种极具诱惑的魔力。我的想象里，也许刻下前世的烙印，那斑驳陆离的古城墙，那耄耋老人的瓜皮帽，那书桌上沏茶的青花瓷，还有那不可触碰的线装书，总在唤醒我去到他乡去找寻去印证。六岁那年，也是一个草长莺飞的时节，和玩伴突发奇想，想看看老徐淮路上的汽车，看看南面大运河里汽笛悠扬的渡轮。第一次走到5里外的地方，好奇地看看砂礓路上稀稀拉拉的汽车、卡车，还有一步步丈量脚下路途的人力车夫。记忆中，那是多么遥远的地方哦！最后因惧怕走失，也怕传说中芦柴地出来吃人的毛人，遂放弃了去看大运河的念头。大运河兼葭苍苍的澄碧波心所承载的轮船，直到八岁才随父亲进城坐了一回轮渡，了却了一桩在当时颇为自豪的心愿。长大以后，对远方的好奇与日俱增，曾痴痴地想过：一个人坐在游艇上饱览桂林的秀美山水；乘一叶扁舟沿长江三峡飞流直下；骑着一匹骏马阅尽蒙古草原春色；静悄悄地欣赏大漠孤烟长河落日；在烟雨迷蒙的江南客栈小酌；在翠翠的吊脚楼里读一段沈从文大师的文字，那是何等畅快淋漓！

十多年前，很羡慕三毛富有传奇色彩的人生经历，她到过多少地方有谁可以记得？她似乎总想逃脱大城市的喧嚣，把美好寄托给了撒哈拉大沙漠里的荷西，把说不清道不明的思念给了西部歌王王洛宾。"在那遥远的地方，有一位好姑娘……"不说怀春的少女，就是上了年岁的男女，有几个听到这首歌声不是浮想联翩、心旌摇荡，幸福溢满胸膛。思绪像扯不断的麻，飞向远方，飞向深爱的人的心目里。对高山的爱存于情，对秀水的爱亦存于情，对人的爱尤存于情。过去，特别是小时候，总觉得只要出门

离家几百里一定是出远门了。现代人出门，有了舟楫之利，乘车之便，千儿八百里的路程早已不在话下。冬天到哈尔滨，夏天到海南岛，候鸟式的旅游成为外出的新时尚。每到一个远方，对那里都会产生一种亲近感，即使不会作诗，不会描述对自然风景的感受，心里也不会觉得很累，毕竟大山你来过，好水你看过，记住那里的一缕阳光、一棵花草、一块石头、一个他乡人的微笑，还不满足吗？

　　远方，山谷和森林、楼台和亭阁，给人无限遐想的空间，有一种别样的情愫震撼着你，全然不是家乡熟稔的池塘和庭院，那是一个可以亲近的兄弟和姐妹生长的地方！

诗画山水云台山

早就向往云台山峡谷奇观了，恰逢周末下雨，约两位同事同赴云台山，一个绝佳的时机！

中巴于早晨6点启程，随团的二十多人多为散客。我们在细雨中穿行，到了河南境内，雨过天晴。到达焦作时，气温也升高了许多。路过刘江黄河大桥已到下午一点。我是第三次越过黄河，前两次都在夜间，看不清楚。这回真正领略了"黄河之水天上来"的壮观场面。河面很宽，水是浑浊的，之前听说的"一碗水，半碗泥"颇不以为然，以为是文人的夸张，现在看来，着实不错。

到达修武，河南地方导游小薛接团。她告诉游客，焦作是个煤城，很久以前，英国人就在这里开过矿，征用各地矿工，以至姓氏庞杂，原先的一个小村子姓氏就多达 105 个。如今煤炭资源已经枯竭。史上著名的西晋"竹林七贤"在此隐居过。我们看到这里有个七贤镇，看来名不虚传。

第一天，我们主要看山。云台山是太行山的一条支脉，这个旅游景点开放不是很久。下午进山，刚下车仿佛觉得前方乌云密布，似乎一场大雨来临，再仔细一看，原来是大山近在眼前。导游说，云台山是河南省唯一一个集国家重点风景名胜区、国家 AAAAA 级景区、国家地质公园、国家森林公园、国家水利风景名胜区、国家猕猴自然保护区于一体的风景名胜区。泉瀑峡、潭瀑峡、红石峡、子房湖、万善寺、百家岩、仙苑、圣顶、叠彩洞、青龙峡为主要景点。云台山奇峰秀岭，绵延逶迤，其中主峰茱萸峰海拔 1304 米。进山不久，在我们的前方就出现了一群下山的人，我们猜测，山上的景点不会很多，不然怎么刚进山就看不到前面的路了呢？我和同游的同事显得很扫兴，认为只是玩了点开头，就草草收兵，心里的滋味可想而知。然而，我们的猜疑真是大错而特错了。再往上走，方知无限风光在前头，脚底不由加快了速度。看到丹霞山石层层叠叠，如同着了色的糕点，我们慨叹大自然造山运动的神奇，幻想着大山怎么会"长"得如此壮美、突兀。

第二天则以看水为主。云台山"三步一泉，五步一瀑，十步一潭"。据说，云台天瀑高达 314 米，全国最高。试想，夏季大雨，山水汇聚，下山的瀑布该是怎样壮观！看过天门瀑、白龙潭、黄龙瀑、丫字瀑皆飞流直下，形成了云台山独有的瀑布景观。红石峡是必看的好去处。红石峡，被称为"缩小了的山水世界，扩大了的艺术盆景"。张良曾在此操兵习武，峡谷里的"首龙潭""黑龙潭""青龙潭""黄龙潭""卧龙潭""眠龙潭""醒龙潭""子龙潭""游龙潭"等潭潭呼应，构成了"九龙溪"。潭瀑峡最美，是主要河流子房河的一个源头。沟长1270 米，南北走向。在它的东西两面，峭壁耸翠、基岩裸露、群峰矗立，美不胜收。泉瀑峡总长约 3 公里，两岸山峰耸立入云，气势磅礴。一路溪水淙淙，组成沟谷绝妙的音响，似天籁之声，不绝于耳。沟的尽端便是全国最高的瀑布——云台天瀑。山上虽是枯水期，但仍有瀑布倾泻而下，声震山崖，直捣潭底，惹得年轻后生赤脚下潭戏水，真不枉此行矣。

这次云台山之旅还有一大收获。很早就读过王维的《九月九日忆山东兄弟》："独在异乡为异客，每逢佳节倍思亲，遥知兄弟登高处，遍插茱萸少一人。"没想到在这里揭了谜底，原来诗人眼里的茱萸峰就在这里。虽没有登上茱萸峰，心里却也有了一丝安慰，品尝着茱萸果，似乎也沾到了诗人的灵气。

花乡行

一直没有机会到花乡——沭阳去看看，上周末终于如愿以偿。早上 8 点刚过，冷空气过后的天气十分宜人，太阳照在身上再也没有炙热的光芒，相反倒觉得很舒服。

从单位出发，离沭阳最近的当属刘集镇了。刘集镇为宿迁"旱改水"的有功之臣李柏的家乡，李柏在主政宿迁期间，提出"玻璃城，水稻县，黄河果树葡萄山"的宏伟构想，之后得以实现。特别在治水方面功勋卓著，他带领全县人民把骆马湖建成"水库"，变"水患"为水利，使大运河东部的来龙灌区种植了65 万亩水稻，宿迁人民从此吃饱了肚子，人民也永远怀念他的光辉业绩。

我在十多岁时到过刘集，那是我第一次到我的二姑家。二姑家在刘集街西南角，离我家大概 30 里。大集体年代农村比较穷，自行车也比较稀少。那年，我的三叔回来探家，三叔要父亲带着我一同步行去二姑家看看。走过长河头大堤，我都觉得疲乏，之后拐弯抹角到了崇河，据说这条河为西晋富豪石崇镇守下邳时带领军队开挖的，算起来也有千年历史了。崇河上架有木桥，父亲和三叔他们胆大，一脚一脚踩住木桩，显得很稳。我看着清澈的河水已经快接触木桥了，心里不免发毛，感觉站不稳了，便弯下腰用手扶住木桥，费了好大的神才走过去。

崇河北是一眼望不到边的高粱地。秋季，密密匝匝的高粱已经长成了青纱帐，大片的玉米、山芋与之为邻。当电影《红高粱》上映时，我就在想，张艺谋如果到过刘集，一定会把外景拍摄选在这里。再说了，20 世纪 40 年代的刘集，方圆十里八村的百姓能歌善舞，人人都爱唱小曲、踩高跷。沭阳的淮海戏和那么多的民间小调都从刘集传播出去的。

20 世纪 80 年代以前，刘集的街道依旧很小也很窄，商店和其他地方一样稀少，镇区农贸市场上买卖高粱、玉米以及猪仔却比较多一些。

一晃多年过去了，20 世纪 90 年代末，省委加快扶持苏北发展的时候，沭阳人抓住了机遇。然而，说归说，讲归讲，毕竟好多年没去过，对沭阳的了解依然朦朦胧胧。有道是百闻不如一见，然而诸多原因一直未能成行。记忆中的沭阳，最刻在心头的依旧是虞美人的故乡，北宋时写过《梦溪笔谈》的沭阳主簿沈括……

车辆进入刘集镇境内，眼前的刘集今非昔比，马路宽阔，厂房座座，楼房排排，街道比我想象中大了十倍也不止，俨然成了一个小城市。集镇区做买卖的很多，吆喝声此起彼伏。

出刘集向北，我们跃上近在咫尺的宿沭公路，这里到处是杨树的天下，顺着逶迤的公路两旁耸立。稍远一些，一片片绿海般绵延不绝的稻田尽收眼底。沭阳人种植粳稻和旱稻比较多，大概也是根据市场的需求吧。40分钟过去，便是仰慕已久的沭城了。放眼望去，马路宽阔且有气势。马路两旁，一座座新建的高楼拔地而起，抬眼望去，觉得晕眩，不敢凝视。在中医院对过马路旁，为一饱眼福，索性下车逛了一会儿，静下心来听听花乡的方言，看看虞美人故乡人的举手投足。

朋友告诉我，沭城北面有两条河，小的是沭河，大的是沂河。路过建陵中学东侧，没想到竟堵车了，只见南来北往的车辆分成四路纵队，像是在爬行，好在不急着赶路，我可以慢慢欣赏别样的风景。在沭城短暂的逗留期间，我看到了全国最大的花卉基地，看到了苏北最大的苗猪市场，看到了见证沭阳人辛勤建设的沂河大桥，看到了平原地区难以见到的山——韩山，看到了生生不息养育着沭城百万百姓的沭河水……

哦，沭河……沂河！哦，花乡，虞美人的故乡！

湿地里的暴风雨

　　有几个朋友两年没有聚会，趁伏天未到，便相约启程洪泽湖，"游大湿地，做深呼吸"，来一场说走就走的旅行。

　　在人类进入千禧年的第一年，我曾经到过这个国家级自然保护区。因为来去匆匆，加之"秋老虎"发威，天气非常炎热，躲在旅游观光车内的游客们跟我一样，被大太阳逼得不想下车，只是走马观花绕了一圈。来到栈桥的时候，呈现在眼前的荷叶有的已经枯败，颇有"一夜绿荷霜剪破，赚他秋雨不成珠"的味道。即便有的还倔强地顶着一把绿伞，因荷花的缺席，多少有一股失意的感觉，游玩的兴致为之大减。只是对漫漫无际的湿地充满了敬畏，就如同在大西北看到了茫茫草原、大漠戈壁，置身其中，觉得自己太渺小了。这些年来，随着生态环境的优化，万顷湿地，荷香鹭舞，这个被称为"地球之肾"的著名湿地，越来越受到旅游观光者的青睐。

位于泗洪县境内的洪泽湖湿地总面积75万亩，是华东地区最大的淡水湿地，也是太平洋西岸面积最大、生态系统较完整的淡水湿地国家级自然保护区。这里也是世界候鸟重要的栖息与越冬地，每年有220余种50万只候鸟在此栖息繁衍。

天气预报说最近天气晴好，适合出行。我们便约定在泗洪会合。哪知临行前，天气预报又说，全国将迎来一场大范围强对流天气。我们不以为然，侥幸地想着，全国范围那么大，不扯那么远，十里还不同天呢，好不容易聚聚，怎么见得遇到这样的巧事。可事实还真是无情地打了脸。

当进发湿地时，太阳很大，热情过火，只觉身上汗津津的，很不舒服，很多游客撑开了遮阳伞。十多分钟过去，当我们坐上旅游观光船，刚才的大太阳悄然躲进了云层里，淅淅沥沥的小雨不期而至。起风了，温度也明显降了许多，我们暗自庆幸老天恩赐给我们如此凉爽的天气，游客们面对眼前的景致也在不停地拍照。湿地大片的芦苇随风摇曳，人人陶醉在雨打荷叶的声音里。

游船进入密密匝匝的芦苇荡，这时我才发现，这里的芦苇跟老家的芦苇不同。老家的芦苇长得细腻，可以编织歪篮、席子、斗篷、勒成吊衫；而湿地的芦苇，秆子粗壮、皮厚，很像家乡人所说的"桨柴"或"桨荻"。桨柴的作用，似乎没有芦苇大，它只能用来打柴帘、夹笆障，盖房用作捆把倒是结实耐用。20世纪70年代以前，农家到了冬天采来芦花打猫窝，穿在脚上暖和着呢。

雨渐渐大了，这丝毫没有影响游客的兴致。听老张说，以前进入湿地景区，游客们还可以听到一些极为真实震撼的音响效果。如，游船经过断桥处，冷不防就有一股哗哗的大水从头顶落下，游客便可领略"黄河之水天上来"的意境。最近这几年，湿地保护鸟类意识增强，这些人为设置的音响"噪音"被取消了，鸟类回归了恬静舒适的生活。

我们即将登岸的时候，突然响起了一声惊雷，电光火石之间，天空犹如一条游龙炸裂，一群潜伏在芦苇深处的鸬鹚、白鹭吓得振翅逃匿，四散而去。可惜，这令人惊喜的一幕让我们措手不及，很少有人来得及拍下。上得岸来，雨突然间停了。

湿地的荷花据说很吸引人，品种上千。以前，我听说那里有黑色荷花，不知道是真是假，能看到这样的"尤物"，也许跟昙花一样稀奇。要说红的、白的、粉的、黄的，这些似乎见了不少，也见过并蒂、三蒂、四蒂莲，唯独这黑色的荷花平生就没遇过，我们一行赶紧在霏霏细雨中往前走去，没想到几分钟步行下来，狂风大作，一场大雨即将来临，我们走也不是，退也不是，只好在一个遮阳挡雨的棚子内避雨。高天里，随着乌云翻滚的白鹭翩翩亮翅，顶风冒雨，上下翻飞，徐州好友薛传伟打开手机，将白鹭斗天的场景记录下来。

棚子外有两条石水牛，一站一卧，路旁的河沟里，大风将两只水车吹得转动起来。雨，越下越大，用"瓢泼"两字总感觉秀气了点，简直就是从天空倒下来的。乌云越聚越厚，能见度不超过 200 米。我们对面有对小夫妻，躲在一个较小的棚子下，我们一致觉得他们有点"傻"，刚才狂风大作时，就该选择到我们所在的大棚下避雨，这下大雨倾盆，打起的伞都被风吹翻了。这时，我们已经冻得瑟瑟发抖，裤管湿了一半，鞋子早已湿透，抬起脚里面"哇叽哇叽"响，老张便用手机联系湿地景区，请求派车来接我们。景区负责人回答，出于安全的考量，现在观光车不敢上路，防止路旁大树倒伏砸坏车辆，让我们再耐心等一下，保护好自己。半个小时过去，我们还没有等来一辆车。终于等到雨稍稍小了点。对面那对夫妻在实施出逃计划，他们急忙收拾东西，蹬着景区三轮车急急往回走。老张一看，飞也似地横穿马路，急忙打招呼要搭他们的三轮车一道走。夫妻俩把车停下来，老张让夫妻俩坐车，自己卖起了苦力。刚才还在嘲笑别人傻的我们，这回反觉得自己才是大傻子一个。夫妻俩的举动让我们有了自责感。不一会儿，景区出动三辆观光车来接游客，我们顺势坐上去，在朦朦胧胧望不见外面的车上，有的游客到了每个景点便要下车看看，每一次都被外面的雨水逼了回来。

我们下了车，老张的自驾车已经等候在景区大门前，我们赶紧逃离湿地，向洪泽湖农场进发。一路上，到处可见被大风吹落的树叶、刮断的树枝，还有拦腰斩断的树干。

这场大暴雨的洗礼我们一辈子也不会忘记。正如薛传伟诗中所描绘——"黑云顷刻涌天衢，风暴遽然压树低。白雨疯狂怒卷地，路亭惶恐苦无依。乍失白昼忽如夜，恍陷孤城四面敌。风住雨疏归寂静，满城狼藉似劫余。"

也算弥补湿地的"亏欠"，在前往农场的路上，我们有了"多余"的收获。

西面的太阳艰难地从云彩缝里露出了笑脸。天晴了，雨后的泗洪大地愈加清新，视野似乎也明丽了许多，公路两旁的农舍，脊瓦、屋檐，包括砖缝都能看得一清二楚。不一会儿，我们来到一个叫孙园的地方。开车的老张提醒我们往外看，看看能不能认识指示牌上的文字。若在平时，一般的常见字，还真难不倒我们。薛传伟老哥擅长写古体诗，咬文嚼字是他的强项，即便我不认识，难道他也有"拦路虎"？老张的车速慢了下来，考验我们的时候到了。

老张说："看看上面那个左边土字旁，右面加个一只两只的'只'字念什么？"

我们一下脑子短路了。除了老张和妻子杜女士外，我们全秃噜了嘴巴。我们觉着好奇，难道这个字能跟武则天同志造字有关？猜不到只好求助老张。老张回答道："这个字的确古怪，比陕西的'bia bia 面'笔画少多了。好多人都认为是我们泗洪人的'发明'。虽然字典里查不到，电脑里打不出来，但不妨碍我们使用，正确的读法叫作'zhuai'，到过'zhuai'头村的外乡人都把它拿开来念，一口一句'土只头村'，当地人听到都当成笑话。"

也许为了弥补湿地观光不成的亏欠，洪泽湖劳改农场的"神秘"，让我们第二天有了额外的收获。

走了 200 米地，跨上一座桥梁，河东岸两棵饱经风霜的老榆树映入眼帘，一棵在左，一棵居右，像一对饱经风霜的老夫妻守望着这里，我们猜测两株老榆树的树龄起码百年开外。它们的身边树木参差，遮天蔽日。刚过的狂风暴雨，树干倒了一地，树枝洒落一地，树叶碎了一地。让人最揪心的当属鸟类，那些失去生命的雏鸟，连同"襁褓"掉落在地。我捧起一个鸟窝，不由得连连叹气，树林里失去子女的大鸟发出一声声哀鸣，凄厉且无助。堤坡下的连片网箱没入水中，养鱼养蟹的大户围着田埂转悠，他们的心情估计比遭难的鸟类好不到哪里去。我们无心再待下去，只好退了出来。

寻找记忆中的"边城"

　　徜徉在沈从文先生的《边城》里，内心颇为羡慕。古老的山寨吊脚楼里，那位叫翠翠的姑娘背着鱼篓，与爷爷一道，划开斑驳柔润的流水。作家笔下的风光居然那么美，美得让人窒息。梦想有一天能去看看，这个感奋的念头一直萦绕脑际。思念就像懵懂的初恋，不，是暗恋！直到有一天，边城成了我的参照物。我移情别恋了，而且内心有了明确的具象和定位，那就是心驰神往中的骆马湖。

　　我是吃着骆马湖水长大的。宿迁的"旱改水"在我的家乡实行最早，域内田成方，渠成网，引来了新华社记者以及著名演员、作家黄宗英蹲点采风。当年的《淮北大寨》纪录片曾在这里取景，一时誉满全国，最终还到了香港上映。运东片整个来龙灌区，几十万亩的土地栽植水稻，用水都靠骆马湖滋养。每年清明，"一年春光最好处，布谷声声雨如烟"，我便抑制不住内心的喜悦，背着小书包，呼朋引伴地跑向蒲河渡槽，去接水迎水。看闸的老爷爷用尺把长的活嘴扳，费力地一圈圈拧开螺丝，开起闸门的那一刻，我们又一哄而散，顺着水流雀跃着行走在渠心堤坡，看回旋在倒水塘里的漩涡，看秋天落下的树叶在水面荡漾，看流水徐徐淌进波澜不惊的汪塘，流经干涸见底的小沟。

开心的日子还在后头。五月底的天气渐渐暖和，到了夏至前后，知了在柳树上唱起了歌。河边的芦苇仿佛竹笋般，齐刷刷地疯长起来，"柴呱呱"、小野鸭在芦苇里呼朋引伴，卿卿我我，不久就有了爱情的结晶。大人们也懒得管孩子，任凭我们"丢羊尾""扳三脚"，或是"藏蒙蒙""打大炮"，只是洗澡玩水是要禁止的。女孩子倒是肯听话，捣蛋的男孩子全不长记性。为此，左邻二蛋子挨了父亲的"扫堂腿"，右舍三愣子吃了母亲的"钻晕头"，都是极为平常的事。摸鸟蛋最为吸引人，我们不去费力地上树掏雀窝，衣服一脱，光屁股下河，拨开密不透风的芦苇，收获一窝窝"柴呱呱"蛋、野鸡蛋，而后在漫天野湖吃烧烤，内心漾起一种无法形容的满足感。

母亲的安慰，让我萌生了对骆马湖的敬畏。

20世纪90年代初，我第一次与骆马湖亲密接触。

春天的骆马湖，树青水暖，天蓝湖碧。忽然想起一句诗来，"一围烟浪六十里，几对寒鸦千百雏"。往水边一站，不由得伸手掬起一捧水，然后又张开手臂，让湖水从指缝里撒开，回归到湖里。不远处，野鸭贴着水面，刺溜刺溜向前冲去，溅起的浪花一点一点，距离均匀，就像一个个排列齐整的省略号，那一刻，我的心随着野鸭一同放飞。

又一个秋天的长风灌满了心胸。今天的阳光格外好，有幸与原《雨花》主编姜琍敏老师和宿迁市散文学会的师友亲近骆马湖，愉悦的心情可想而知。其实，我还有一种寻梦的心理一直萦绕脑际，我必须多一个心眼，静静地感受大湖之美！

宿迁运河之东，历史上曾有一处游人繁聚的仓基湖。老家丁嘴地处湖嘴，西晋富可敌国的石崇在河里养鱼虾，在湖岸植桑麻，一时五谷丰稔，仓廪俱实。宿豫区要求编写乡镇志，丁嘴设仓基湖篇章，让我颇费踌躇。这次我有机会仔细饱览一下骆马湖，对骆马湖的周遭环境有了感性认知，有了说话的本钱。

骆马湖的水质与眼中的天空相比，"上下天光，一碧万顷"。湖中沙鸥翔集，点点渔帆，如诗如画。极目眺望，远方的皂河古镇美轮美奂。如果把大湖比作一个巨大的盆，那么大湖四周的农舍、小楼就像镶嵌在盆边的青花瓷！我从骆马湖的比对中，一下子对千年仓基湖有了立体感。

"渔歌虽随湖水尽，十里犹闻牧笛声"，是的，仓基湖一定

是这个样子的。

　　骆马湖就像母亲一样，乡民们吮吸着她源源不断的乳汁，一路走到为全面实现中华民族伟大复兴的中国梦而勠力同心的今天！

骆马湖印象

自从居住在城里，与骆马湖又近了 25 公里，因而去的频次稍多一些，似乎带有"报复"时光的念头，欲将"损失"的青春夺回来。在我的记忆里，喝了几十年的骆马湖水，却无缘光顾养育我的母亲湖，直到进入 21 世纪，我才像一个游子真正回到母亲的怀抱。

宿迁是个水乡，到了骆马湖不用再去看大海。20 世纪 80 年代初，一首《外婆的澎湖湾》，唱出"没有椰林缀斜阳，只是一片海蓝蓝……"曾是多少人心目中的"诗和远方"。倘若你面对一望无穷的骆马湖，一定会有一种身临大海边的感觉。平常的日子，骆马湖极其温顺，恰似未出阁的少女，腼腆、矜持、淡雅。

夕阳下，晚风轻拂，湖面的点点渔帆荡漾成了一幅行走的油画。

骆马湖会不会发脾气，我没有见识过。倒是在《徐州史志》上读到了一些文字。民国三年（1914）7月19日大雨，骆马湖沿岸数十村落沉没在浩瀚湖水之中，"鱼游进村，舟行树梢"，淹死人数过千，牲畜6000余头，以至"白骨露原野，农家无鸡啼"。在骆马湖边长大的张新叶女士也曾写过一篇散文，道尽了昔日渔民的悲苦凄凉。此后渔家人与惊涛骇浪博弈的画面时时萦绕在我的脑际，对渔民的生活有了深深的牵挂。多年后我到山东日照看海，那天下着中雨，海面雾气滔滔，渔船像一片片树叶似的，随浪逐波，那个时刻我终于体验到骆马湖渔民斗智斗勇的血性、不畏艰难险阻的顽强！

骆马湖区伴随改革开放的脚步早已今非昔比，年轻且充满活力的景区愈发生动起来，渔村也鲜活了许多。倒不只是因为湖里的鱼多了、船多了，更重要的是湖边的绿多了，鸟多了，游客自然也多了。2011年10月，正是渔民开捕的黄金季节，第七届江苏省园艺博览会在骆马湖举办，全省各个市和宿迁各县区纷纷前来布展，他们把最美的花卉、绿植带到湖边。走进园博园，曲径通幽、生机盎然。眼前的花草苗木让人应接不暇，似乎全世界最美的鲜花统统汇聚于此。放眼骆马湖，波光潋滟、湖天一色，澄澈的蓝映衬着五颜六色的花海，我被深深迷醉了。两个酷似奥运鸟巢的主展厅外人流扎堆，姑娘小伙有的忙着拍照，有的打着遮阳伞信步；贪玩的孩子挣脱母亲的手，欢呼着、跳跃着，奔向叫卖菱角、莲子、小儿酥、棉花糖的摊位……

时隔八年，骆马湖景区大道宽阔，勤快的公交车源源不断地向景区发送游客。那些古色古香又不失新潮的客栈，也为流连忘返的游客们提供了食宿便利。有了骆马湖，宿迁人便有了骄傲的资本。去年，骆马湖首届沙雕节开幕当晚，露天舞台与百座沙雕在灯光的照射下交相辉映，古老厚重的大运河文化被"搬"到了骆马湖畔，几乎沿线所有城市的标志性建筑、经久不衰的戏剧和历史文化遗存悉数"亮相"，游客们的眼中照见了千里水路的斗转星移和过往沧桑。既然宿迁为主场，自然多了些地方"元素"：西楚霸王、下草湾遗迹、皂河古镇、洋河美人泉，还有宿迁柳琴戏、崛起的京东等一座座沙雕，尽收眼底。

如果说，去年的每一座沙雕让人们找寻到大运河历史的涟漪，而今年的第二届沙雕节更加独具匠心。我惊叹策划者聪颖的脑洞，一百座沙雕，以海陆两条"丝绸之路"为主线，与《西游记》的传说交织一起，充分展现了"丝路芳华"与"一带一路"现实光影的完美结合。

骆马湖沙雕，为您铺陈了走向世界的美丽前景。假如沈从文老先生健在的话，我相信一定会挽着夫人张兆和惊叹："三三，这地方和你一样，太温柔了。"

沙雕节随感

很羡慕艺术家的手，挥挥洒洒便将毫无生机的沙粒赋予了生命，将一种庸常推向极致的宏阔。想起前年去山东日照旅游，见到姑娘作沙画表演，心里就有一种惊羡不已的冲动。9月12日，在首届骆马湖国际沙雕节上，与凝固的音乐——沙雕亲密接触，更觉美轮美奂，震撼到了骨髓。如果说，沙画为人们提供了"小美"的艺术享受，那么经过"堆挖雕掏"的沙雕，则当之无愧为"大家"呈现给世人的恢宏作品！

首届骆马湖国际沙雕节展出了沙雕作品整整百座，她将千里京杭大运河自然景观、人文景观完美呈现，足见策划者的良苦用心和艺术家手下的独到匠心。

骆马湖盛产黄沙，用黄沙堆积沙雕，资源丰富，想怎么用就怎么取，真可谓"取之不尽用之不竭"。可到了现场走在"白色"沙滩上，才明白骆马湖的黄沙如同北方男子汉的脸，颗粒粗粝，根本不能用作沙雕材料，而国际上通用的全是白色细沙。在我国，南方海边盛产白色细沙，从南方拉来那么多的白沙，仅运输成本就很可观。宿豫文艺编辑王善余老师参与了本次骆马湖国际沙雕节策划，这一百座沙雕解说词均出自王老师之手。他介绍，这些沙雕可以维持三个月，以后风化了，沙子可以再利用，以后每年在这里都要搞一次沙雕节。

首次骆马湖国际沙雕节主题均为大运河场景再现，这引起了我浓厚的兴趣。我与大运河非常有缘，京杭大运河在宿迁城为南北走向，城里的家就在大运河畔，步行 6 分钟就达岸边。大运河在宿迁城南黑鱼汪便折了个弯，一路向东逶迤，形成了东西走向，乡下的老家在宿豫的最东端，与大运河相距仅 6 公里。如果把大运河比作一根长长的藤蔓，那么，一座座沙雕便是点缀在各个历史时空的"果实"。浙江人喜爱的"梁祝"、安徽人钟情的"天仙配"、苏州人念念不忘的"虎丘塔"、扬州人引以为豪的"扬州八怪"和"瘦西湖"、常州人的美宝"恐龙园"、镇江人津津乐道的"水漫金山"、徐州人看不厌的"汉兵马俑"、淮安人忘不掉的"清江大闸"和"镇淮楼"等，几乎运河沿线的著名风景呼啦啦全跑到这儿聚会来了，连淘气的孩子们喜爱的"米

奇""熊出没""哪吒""唐老鸭"也悉数登场亮相。

每个人都有家乡情结，我倒觉得，在帆樯如林、舟楫之盛大运河宿迁段结出的"果实"更加饱满，这并非有厚此薄彼的意思。不是吗，京东、柳琴戏、下草湾原始人、乾隆下江南、皂河古镇、美人泉、双沟醉猿、三面妈祖、老汴河新貌等，既穿越了历史，也刻画了当代，身为宿迁人，谁不从心底漾起那股得意和自豪！

霸王迎宾的雕塑，再现了叱咤风云的一代枭雄项羽。李易安的五言绝句："生当为人杰，死亦为鬼雄。至今思项羽，不肯过江东。"读来总是让人豪情满怀，壮心不已。说到宿迁，东关口也是绕不过去的坎。东关口过去人群繁居，酒肆林立，热闹非凡。整个街景雕塑，其场景很容易让人与清明上河图联系起来。被历代说书人讲烂了的刘武举"打蛮船"救下妹妹和八船良家姑娘的真实故事也在这里发生。更值得铭记的，这里还长眠着一位英雄，他便是收复台湾的抗倭名将杨泗洪。1889年，杨泗洪被任镇标左翼统领，继又任台湾镇总兵官。中日甲午战争后，清政府签订了丧权辱国的《马关条约》，将台湾岛、澎湖列岛的各海口割让与日本，杨泗洪以中国守将的身份抗击日寇。每战必身先士卒，冲杀在前，因他率领的作战队伍以黑旗为帜，故有"黑虎将军"之称。先后擒斩日寇军官戈藤文录等多人。1895年农历七月二十日，杨泗洪壮烈殉国，时年49岁。宿迁人民建立了杨公亭以示纪念。亭前楹联是："沂泗如襟，黄运如带，横贯十三州，独立中流如砥柱；摧秦有项，败倭有杨，上下两千载，同生一地两英雄。"

秀美梨园

地处京杭大运河东畔的顺河镇尽享河水之灵气,广纳天地之精华。早就听说这里有个唤作林苗圃的村子,因盛产酥梨遐迩闻名,却无缘一睹其卓然风采。今年三月,在宿豫首届中国·顺河梨花节期间,有幸置身于梨园之中,欣赏千亩梨花堆雪砌玉的盛景。

梨园之美,美在秀气。梨花似雪,清纯淡雅,娇柔如荷。一朵朵,不矫情、不造作,内向得近乎羞涩。一夜春雨降临,千树万树的花骨朵绽放成一只只白色风铃,在风中摇曳,闪闪烁烁。记得小时候外公家附近有一片梨园,也就是几十亩的样子,看起来都遥遥无边。而这里却有近千亩,何等壮观!假如从中漫步,没有半天时辰，很难用"饱览"二字形容。瞧瞧，这些栽下去刚刚几年的小梨树已经按捺不住性子，将稀稀拉拉的花朵肆无忌惮地点缀枝头，就像刚学扎小辫子的女童，总要把耀眼的花儿大方地顶在脑门。老一点的梨树积攒了一簇一簇的花蕊，悄无声息地蓄积能量，等待最美的时刻，绽放如雪的花朵。

梨园之美，美在拙朴。我们乘着游览车，沿着梨园观光。在靠近一片老梨林旁，导游姑娘让我们品尝一瓣瓣酥梨，那甜到心底的滋味如同沙漠里的旅人得到了一壶水。导游告诉我们，眼前的这片梨树，已经超过了百年历史。看到粗犷凝重的梨树周身的裂疤，写满了沧桑，不由让人肃然起敬。而枝头怒放的生命如同褓褓里的婴儿，水嫩水嫩的，使人充满怜惜之心。清人刘廷玑曾在《在园杂志》里说，有年春天他到淮北巡视部属，"过宿迁民家"，见到"茅舍土阶，花木参差，径颇幽僻"，尤其发现"小园梨花最盛，纷纭如雪，其下海棠一株，红艳绝伦"。描述的场景也许就是这里。岁月如歌，梨园如歌，经年不息，代代蓬勃。

梨园之美，美在清新。清清的小溪，柔柔的草坪，一些应时的花朵，奔放而热烈地绽开笑颜，清新脱俗，撩拨着你的眼。大人们搀着可爱的孩子，手里擒着五颜六色的气球，顺着溪头捉着鱼花玩，还有什么景致比这更诱人的呢。那是何等快乐、悠闲、怡然自得。居住在这里的农家，就像生活在一个硕大的氧吧里。在红花绿树掩映下，有的人家还摆起了水果摊，售卖一些日用品，在恰如世外桃源般幽静、淡雅的环境里做点小生意，该是多么美妙的事情。当时头脑里有了这样一个念头：如火似血的晚霞里，顽童在此戏耍，老者在此垂钓、下棋，姑娘小伙儿在此纵情歌唱……

梨园之美，美在热闹。春天梨花开放的时候，游人如织，我无法想象这里有着怎样的花之海，千朵万朵，白清似雪、素洁淡雅、风姿绰约。秋天酥梨上市，游人攀上硕果累累的树桠采摘，心底那份满足绝不逊色于出海满载而归的渔民。再看那满墙的梨花诗词歌赋，写尽了侠肝义胆、大气磅礴，写尽了小鸟依人、愁肠百结，为梨园平添了又一道别样的风景，堪称汇聚普天下梨花赞美诗之最，吸引眸子无数。哪一首都会让我们心随花舞，怒放不息。

哦，顺河，梨花之乡！"梨花院落溶溶月，柳絮池塘淡淡风。"梨园人家在全面建设小康社会的进程中，一定会将这里打造成更加秀美的生态乐园！

草原之恋

　　每个人都有一段刻骨铭心的记忆，而在我内心深处，常常难以忘怀的是西北大草原给我留下的烙印！

　　记忆的闸门先从曲库乎开启。这里是一个山坳，四面群山环抱，一条从黄南藏族自治州通向泽库、河南县的盘山公路，像一条飘带，蜿蜒铺向遥远的天际。在曲库乎电厂附近，我第一次做了路工。这里农历三月的天气，早晚依旧冷风飕飕，中午时分才觉得暖和，倒是当地的藏民不畏寒冷，有的甚至打着赤脚在放牧牛羊。平生第一回看到黑压压的牦牛，看到白花花的绵羊，真是开了眼界。浙江陈阿姨告诉我，有时间去牧区看看吧，那才是牛羊的天下。如果以后想留在这里，就做她的女婿吧。陈阿姨的家在州上，女儿那时还在读书，老公是开东风车的司机。东风车马力大、劲头足，爬山越野比解放车洒脱多了。在一些边远的地方，班车根本开不过去，尤其在山上没用武之地，全靠东风车冲锋陷阵。

曲库乎很美。春天，野花满地开放，紫的、黄的、白的、红的，一直从平地开到山坡，姹紫嫣红，争奇斗艳。最美的季节是秋天，饱览一座大山，一眼望去，白雪皑皑的山峰层峦叠嶂、层林尽染。你看到的是不同的景色，山峰顶端满目萧然，半山腰的树叶黄红相间，倒像是赶上了秋天，最下端一派郁郁葱葱，仿佛处在春夏季节。

在曲库乎工地上，我们每天接触的大多是藏民，也有回民，他们很勤劳，也很勇敢。藏民割草的时候总是把草码成一垛，就像我们这里农家的一个小草堆，好样的一个人一次很难搬走的。说来奇怪，藏族姑娘一用劲，背起就走，吓得我直吐舌头。我亲眼见到一位藏族姑娘将一头不听话的小牛摔倒的场景，那个劲头令我好久不解，有一回，我从州上冷库带回一头整羊和两袋面粉，下车时，我找了辆板车往工地推着走，没想到离工地还有三百米距离时遇到了两位藏族姑娘，她们拉住我的平板车不让走，只顾咯咯笑，说话也听不懂。我想这下完了，她们要是把羊和面抢走了咋办呢？要说动粗，我岂是她们的对手，还不像老鹰捉小鸡？就这么僵持十多分钟，多亏一位回民路过，帮我做"翻译"。原来两位姑娘要和我交朋友，让我买两袋葵花籽给她们，顺便到山坡上坐坐，只把我吓得脸发红、心乱跳、汗直冒。姑娘看我腼腆得更像个姑娘，最后在一片银铃般的笑声中把我放了。

曲库乎对面的山坡上修筑了一座水库，山上融化的雪水和天上降下的雨水成了水力发电的不竭源泉。每当夜晚来临，山坡上哗哗的流水飞流直下，震耳欲聋，与黄河大合唱似乎有异曲同工之妙。吵是吵了点，可也是一种难得的享受。距电厂东南两公里的地方还有一个绝佳的去处，那里有个温泉。据说唐僧师徒西天取经，曾在这里沐浴过。我们劳作之余，踩着满路的石子，顺着山坡往上走，不一会儿，大山怀抱着的温泉石屋进入眼帘，温泉石屋的四周扯起了许多帐篷，好多人来此洗温泉浴，也有长期驻扎保养健身的。温泉石屋长约10米、宽5米，拙朴典雅，颇有原生态的意味。泉水的温度大概40摄氏度吧，一口喝下去，有药皂一般的味道。也许含有较多的矿物质，据说一般头疼感冒的人只要在这里洗把澡，病情就可以减轻，对慢性疾病患者疗效出奇的好。

在曲库乎的几个月时间，天天在山坳里，早上见到太阳晚，下午太阳下山早，这使长期生活在平原的我有点不太习惯，只是到了泽库县方才感觉到蓝天的广阔。在一望无垠、漫无边际的大草原，天上的云彩似乎用手能够得到，觉得天幕也垂得很低。这儿人烟稀少，牧民大多是游牧，没固定住所，一顶帐篷就是家。

陈阿姨说得不错，泽库县的牦牛排山倒海，黑压压一片，羊群浩浩荡荡，果真像游动的白云。我坐在东风车的副驾驶室，任司机师傅在草原上奔驰。草原上也没有正儿八经的路，只是按着老车辙向前开，遇到水沟也径直冲过去。在和日这个地方，远远地见到一座山，当地人说山上有雪莲花。一天中午，我心血来潮，约了安徽和河南省的四个小伙子启程去采雪莲花，走了一个多小时，仍觉得山还是在原地，还是那么个样子，没有看出丝毫"长大"的迹象。心里不免有点打秋，望山跑死马，一点也不假。再者，去的时候没带干粮，也没带水，万一遇到风暴什么的，极易迷失方向，当时脑海里就想到了彭加木。我们像泄了气的皮球，悻悻地回到了和日，在和日待了一个星期，缺氧的缘故，水烧不开，饼做不熟，全然没有白天用手捡干牛粪的那种兴奋劲。此刻突然想家了，没有电话，信件也要一二十天才能寄到家，于是我天天就在和日的公路上守望，希望有一辆到黄南的车把我捎回州上。记得那次回来，刚坐上了东风车，就有归心似箭的感觉。坐在车上饱览大草原的确爽极了，八百里秦川远没有这般辽阔！不料，路过藏族同胞的帐篷遇到了惊魂一刻，一条从帐篷外窜来的狗，如小牛犊一般，咆哮着追逐卡车，司机师傅稳稳地把握方向盘，他叫我坐稳了不要动，我从来没见过这么大的狗，心里很害怕。卡车约莫开了一公里路，那条大狗才停止追车。司机师傅问我，没见过藏獒吧。一路下来，遇到陡峭的悬崖，遇到两辆车错不开的山路，这些比起藏獒来，心里要平静得多。

遥远的大西北是我第一次出远门期冀淘金的地方。三叔要我从家乡乘车到徐州火车站可直达西宁。我乘陇海线的蓝皮列车一路西行，到达西安时已觉气力不大好使。就这么迷迷糊糊过了兰州，就要跨进青海的地盘了，想想即将到达目的地，又格外地来了精神。在西宁下了火车，一下子看到那么多的藏民，这时候知道离开家乡已是几千里地的路程。那时还买不起手表，只能凭肉眼看太阳，以此来判断时辰。出门在外，尤其是赶路，须有很强的时间观念。也活该晦气，在西宁火车站遇到两个跟我相仿的青年，凑到我的耳边小声说："师傅，要手表吗？这是爸爸的新表，我不想戴，卖给你，30元吧。"说着从衣袖里拿出来两块手表。真的是要吃鳜鱼来了鳖，我一看是中山表，正好也能满足一下自己的虚荣心，就把它买了下来。哪况仅仅戴了两天就不与北京时间同步了，只能自认晦气，悄悄地扔了。直至后来回家好多年也不敢提起，叔父叔母自然也不会知道，丢不起那个人。

到了黄南州，心里还在憋气，第二天一个人早早起来顺着隆务河闲逛，州上的海拔较低，空气非常清新，不知名的小鸟呼朋引伴，叫个不停。路过黄南州广播电台门前，很想进去看看，恰巧两个手里拿着话筒的女记者（也许是播音员）用普通话问我找谁，我故作漫不经心回答："不找谁。"其实，心想有朝一日能在这里工作，不给钱也高兴。绕过电台向北再向西，有一座好长好长的山，呈南北走向，山不高，也不是陡峭的那种，远远地望去，看不到一株树，倒是山上有座碉堡格外抢眼。很想走过去看看，走了不到二里地，因没有同伴，一个人上山，人生地不熟，心里总是有点发毛。于是，折回来走进了州坐下县——同仁县的一条南北大街。大街上门市一家挨着一家，店铺连着店铺，我留心藏民卖的家具、首饰、刀具等，民族地域特色极为浓厚，所有的用具都非常考究，显得古色古香，我却大多说不出准确的名字。

与家乡习惯一样，州上的人们白天工作，只有晚上合家团聚才吃上一顿较为丰盛的晚餐。倘若家里来了客人，主客之间喜好划拳喝酒，人越多，场面越热闹，划拳的声音很大，真的要把屋脊掀了。"满堂，满堂。六六顺呀，五魁首呀"，个个脸红脖粗，把吃奶的劲都使出来了。我觉得好笑，如此喝酒，岂不消耗体力，且出力不讨好。也算各地各乡风吧，随他闲去。

那时候我对喝酒没有什么好感，对吃肉却情有独钟。在大西北，吃肉讲究粗犷。"手抓"牛羊肉块头大，全然不像家乡人切片烧着吃，红烧出来味道异常鲜美，望着高压锅煮出的整块牛羊肉，有时吃起来都觉得犯愁，记得在冷库吃饭，顿顿离不开肉，光是两毛钱一碗的羊尾巴吃了多少都数不过来。牛心、牛蹄筋、羊肝、羊肠子，吃法多样，哪样不好不吃哪样，觉得幸福生活就是如此吧。当然，吃肉也有不开心的日子。泽库县的海拔比较高，烧肉的时候看起来锅里"咕咕"冒气，其实80℃就开了，不用高压锅根本煮不熟。我们吃的肉，外表看起来是熟的，用手撕开，里面还冒血水呢。那天有人好心为我端来一碗酥油茶，刚刚喝了一口，觉得不对劲，只此一次，下不为例。

早春时节，西北大草原静若处子，小草尚未吐绿，鹅黄色的嫩草芽儿被陈年的枯草掩盖着，"草色遥看近却无"，着实不错，感觉很空旷，"天苍苍，野茫茫，风吹草低见牛羊"便是这样的写照。此时，无论你怎么眺望，天空中就是蓝天白云，间或看到硕大的老鹰在盘旋猎食。在牧区，放牧和家乡种田一样，需要季节轮换。休牧的时候，这块地方有了足够的休养生息时间，整个牲畜都统统被赶到另一个地方，当地叫作"转场"，看来牧区很注意规避掠夺性经营。

草原上见得最多的还有老鼠和旱獭，牧民叫它哈啦（音）。这种像兔子一样的小动物特机敏，赤手空拳想捕获它绝非易事。一天晚饭后，我和内地几个人去逮哈啦，我们先是各自散开，形成一个圈子，然后缩小包围圈，合力围捕。这些小家伙见到我们就四散逃去，迅速钻进洞里躲起来，我们拿来一把铁锹，顺着洞窟挖下去，原来哈啦的洞窟和老鼠相似，四通八达，也不知躲在哪里。草原上的泥土挖起来非常吃力，就像家乡的类草一样，倘若力气不大，挖几下就灰心丧气了。不想挖下去还有另外一个原因，这种小动物在当地没见过有人食用，这种笨头力出了不划算。现在回想起来，还对小旱獭心存好感，估计再也没人敢逮它们了，牧区环境保护肯定有了章法。

如果说捕着旱獭很有趣，那么，觉得最为刺激也最扣人心弦的当属藏族姑娘骑马了。早上，太阳从东方地平线上升起，无遮无挡，霞光一泻千里，给人以豪迈的感觉。放牧的姑娘牵出一匹马，手里拿着一条长鞭子，也不用缰绳，只是用手轻轻地撮住马鬃，"嘚"的一声，便窜出去好远了。在帐篷附近绕了两大圈，然后再跑回来。成群的牛羊在姑娘响亮的口哨声中，开始了新一天的生活。这时的放牧姑娘优哉游哉、怡然自得，露出满口洁白光亮的牙齿，向着惊羡不已的我们开怀大笑；有时还会恶作剧地将牧马突然疾驰到你的面前，当你惊魂未定时又突然离去。开心的是姑娘，脸色异常的是我们。

草原的秋天同样是收获的季节。经过从春季到秋季的饲养，牛羊膘肥体壮，正是出售的最佳时机。如同家乡百姓交公粮一样，牧民们背起行囊，准备了干粮、水袋，一路翻山越岭、风餐露宿，将牛羊往几百里地的州上的冷库里（屠宰场）赶。黄南州的冷库距州府所在地约 1.5 公里，这里集收购、屠宰、加工、包装、贮存、销售一条龙。

在藏区水草丰茂的地方，鱼类被牧民当作神一样崇拜着，藏民不逮鱼，不食鱼，一旦有人捕着，一定会惹出麻烦的。即使在藏回汉群居的州上，人们素质相对较高，即便这样也要回避的。

我曾听到一位马姓回民说过，州上有的藏民看到有人卖鱼，会把活鱼买下来再放生到水里，我没有见过，却亲眼见到有人捕鱼而遭到藏民指责。

曲库乎电厂东面就是公路，西面100米的地方就是一条河，直到现在我才知道，这条河是中华民族的母亲河——黄河，九曲黄河第一弯指的就是这里。河水哗哗地向北流去，每次下了大雨过后，河水就要涨许多，水流滚滚，河里的石头受到长年冲刷，形成了鹅卵石，不论大的小的，都是圆滚滚的，没棱没角。稍大一点的鹅卵石对河水形成了阻力，激起了簇簇浪花。大概是七月份的一天晚上，我们到电厂看了两部电影，片名忘记了，只记得是战争片，看的人本来就不多，所以也很难有家乡伙伴结伴看电影的那种氛围。由于那天睡得晚，第二天早上醒来迷迷瞪瞪的，觉得精神气不是很足。一个叫杨明珠的回族小伙子喊我到河里抓鱼，我有点不敢去，怕遇到藏民。杨是当地人，对这些"规矩"比我懂得多了，经不住怂恿，对捞鱼摸虾这种永不厌倦的拿手好戏我也不愿错过！

我们赤手空拳来到河边，长裤脱掉放在草丛里，只穿了一个裤衩就下了水。我做梦也没想到，夏季的河水还是那么凉，丝毫不像家乡六七月份几近滚烫的水温。我小心翼翼地踩着一块块大大的鹅卵石，试着往河当中走去，在岸边还看不出河水急流，到了中间才知道脚底下水流湍急。最后只好一步一步退回来，找到一处有回水打漩的地方，水波相对平稳，还没等弯腰，就有东西往腿肚上、脚面上叮啄。我摊开双手，在石缝旮旯处寻找"鱼踪"。没想到鱼儿那么多，真的可以动把抓了。摸上来的鱼都是20厘米长，圆滚滚的无鳞鱼。正当我们捕获战果时，被一个放羊的小尕娃发现了。一旦事情败露，后果将很严重。我们只好把逮到的鱼统统扔进河里，速速上岸穿上衣服就往帐篷里跑。

在工地做饭的泗洪严奶奶告诉我："不要去抓鱼了"也不知被惊吓了，还是怎么的，总之那天夜里我病了，先是发烧，后来还流了鼻血。一直挨到第二天下午，才迈着浮飘飘的双腿，极不情愿地来到二里开外的医院看医生。穿白大褂的护士摸摸我的额头，连说烫坏了，烫坏了。当她要为我注射时，我才看清她手里的针管，竟然和小手电筒粗细不分。我长了那么大，还没见过那样大的针管，真有肥猪走入屠夫家，一步步来寻死路的壮士般感慨。回来天已经黑了，身体也觉得轻松不少。因是病号，晚餐是严奶奶用手揪出的一小块一小块面皮，叫带子面，加了好多好多的陈醋，红烧牛肉放了好多的花椒、八角等大料，吃起来满嘴巴都觉得发麻。

在大西北，在青藏高原，我还领略过"花儿"，那种唱腔高亢深邃，也只在那个地方才能唱出别样的韵味。

花儿，流传在青海、甘肃和宁夏一带，是用方言传唱的一种山歌。居住在这里的藏、回、汉、撒拉、土族等民族，人们无论是在田间劳作，还是放牧，都喜欢唱上一段花儿，倒是对内地的流行歌曲"水土不服"。那里的人们之所以把这种传唱方式唤作"花儿"，主要是因为歌名歌词里有很多花儿。花儿的曲调婉转悠长，高亢的音调，内容以情歌居多，唱词多用比兴手法，但在描绘男女情爱上很委婉，不直接，不露骨。每段唱词，前面的部分以花做铺垫，后面"出场"的才是入木三分所表达的心情。

草原上的牧民天生就是一个出色的歌手，孕育出才旦卓玛、德德玛、斯琴格日乐等明星歌唱家毫不奇怪。他们小到牙牙学语的牧童，大到耄耋之年的老人，没事总爱哼哼，我们内地去的人在大庭广众之下是不敢亮嗓门的，因为你纵使喊破了嗓子也飙不出那样的高音。也许他们与生俱来就爱唱歌，也许是造物主为了让牧民能够一个人排遣内心的孤独。

大西北的"花儿"，的确是一种难得的艺术。内地的很多朋友不甚了解，平时听到的一般都是在春晚节目里，乍听一次两次感受很肤浅。若是在大西北的庙会中，身临其境，饱览"花儿"，定会陶醉其中。

在曲库乎工地，除了我和河南的老李喜欢哼一些流行歌曲，其他人大多爱唱花儿。我们想听流行歌曲，只能靠曲库乎水电站的高音喇叭"空中传情"了。每天听到的都是《粉红色的回忆》《采槟榔》《阿里山的姑娘》等极为稀缺的流行歌曲。因为反复播放，到了工程结束的时候，竟然一字不漏地的从头唱到底了。

不过，在大西北的日日夜夜，躁动的情窦实在经不住"花儿"的诱惑，每天的耳濡目染，也渐渐喜欢上了"她"。没有熏不黑的锅屋，的确如此。"红嘴绿毛的尕鹦哥，要吃个红颗子米哩；尕妹是牡丹谁不爱，阿哥要亲一个你来"。"青石崖上的鸳鸯楼，手攀住栏杆者点头；尕妹是阿哥的护心油，千思嘛万想的难丢。"在这样吞吞吐吐、半遮半掩、欲说还休的情境下，有谁能抵挡得了？

最最钟情的"花儿"依旧是《阿哥的白牡丹》。广为传唱，经久不衰，姑娘和小伙子们唱出了生活的苦与乐，唱出了向往的情与爱。

大西北是我人生旅途中一个难得的驿站，那里给我太多的思念。这种思念是美丽的，真的感谢那段多梦的时光。在那里我度过了春夏秋三个季节，唯独寒冷的冬季没有领略过。

去的时候是春天，家乡的麦子已经含苞孕穗。所有该绿的作物全绿了，那时很少见到杨树，就是发芽较晚的刺槐也早已将如蝶的白花缀满枝头，仿佛怀抱的是一团白云。说来你可能不信，那个时节家乡的桃花早已乱红落尽，而在西宁通往黄南的380多里的山路两侧，除了绵延不绝的高山峻岭奉献出来沉沉的绿，最令人着迷的莫过于桃花了，一枝枝，一片片，如霞如粉，温馨地开着，那么烂漫，更使人平添了一份向往。夏季的黄南，似乎没有经历过一次暴风骤雨，没有见到过一次电闪雷鸣，温和的天气像个恬静的淑女。即便干活的时候，也没有气喘吁吁、汗流浃背的样子。在牧区，难得一见的是蔬菜瓜果，那里海拔4000多米，不宜种植，在和日公社附近，也没有看到。牧民吃菜全部靠甘肃、宁夏和陕西调运，蔬菜以土豆居多。黄南海拔较低，大概比泽库县低近2000米，大白菜、萝卜之类的就可以种植了，市民吃菜相对方便些。

大西北，除了广袤无垠的大草原令我怀恋，今生忘不掉的还有一位老奶奶和她的家人。老奶奶那时已经60露头了，宽头大脸，一副福相，慈眉善目，和蔼可亲。记得在她家吃了两次饭，他们一家对我关爱备至，完全把我当成自家的孩子，吃饭时总是往我的碗里夹好多好多的菜，生怕我吃不饱受委屈。老奶奶唯一的女儿青春年少，有一次竟跑了30多里山路看我，帮我洗衣裳，刷鞋子。那年从大西北回家，临走的前一天，老奶奶的一家和我依依惜别，如同生身父母送我到大西北一样。

一晃这么多年过去了，我给老奶奶家人写过两封信，对他们一家表示深深的感激。后来听说她家搬迁了，从此失去联系，心里很想很想再次走近魂牵梦萦的大西北，走近终生难忘的大草原，看看疼爱我的人，我留恋的人！

母亲花

"如何让你遇见我，在我最美丽的时刻，为这，我已在佛前求了五百年，求佛让我们结一段尘缘。佛于是把我化作一棵树，长在你必经的路旁。阳光下，慎重地开满了花。"

想不起这优美的文字是谁写的，冥冥中，我的思绪穿越时空，眼前浮现出铺天盖地的黄花盛景，一下子嗅到了清清醇醇的金菜花香……

我的家乡在西楚霸王项羽的故里东南方，有句歇后语形象地描绘了家乡小镇的名字：老头吃炒面——丁（叮）嘴。外人也许记不得她，却记得那里的金菜香韵尤绝，赫赫有名。

丁嘴金菜俗称金针菜、黄花菜、忘忧草，老百姓还把它喊作

"摇钱树"。其实，她还有一个好听的名字——萱草。诗经里有"北堂幽暗，可以种萱"。北堂代表母亲，古时大凡孝道的人，为求取功名四海为家，离家前都爱在北堂种植萱草，目的是告诉母亲，儿子要出去做大事了，老人家不要牵挂，以此抚慰母亲思子之情。从这个意义上说，金菜文化的内涵就是感恩文化，抱负文化。一个人既要有远大理想，还要有孝心。

自古以来，历代文人雅士为之吟诗作赋者亦不胜枚举。唐代孟郊《游子》写道："萱草生堂阶，游子行天涯。慈亲倚堂门，不见萱草花。"苏东坡诗云："萱草虽微花，孤秀能自拔。亭亭乱叶中，一一芳心插。"晋夏侯湛称赞萱草为"大邦之奇草……远而望之，灿若丹霞照青天。近而观之，华若芙蓉鉴绿泉"。

改革开放之初，丁嘴栽植的金菜特别多，超过了 11000 亩，号称金菜之乡。我所在的生产队除了北湖因离家稍远，且隔了一道农渠，采菜有所不便，东湖、西湖和南湖到处都有她的身影。

每年开春，人们便将沤制了一冬的肥料，以及烧熟的大豆饼，用小推车或者布兜送至田里，再用粪勺将每掩金菜间的土扒开，然后将肥料埋进去做基肥。一个节气过后，白白嫩嫩的金菜芽便破土而出，再经阳光照过、春风拂过、喜雨浸过，菜叶仿佛浇了油似的，铆足劲儿往上长。清明到了，兰草般的叶片，把大地打扮得郁郁葱葱，如翠绿的海。

到了 6 月，当春天里出尽了风头的花朵一个个悄然谢幕，此时萱草花闪亮登场，迎来一年中最璀璨的光景。萋萋翠叶中，一支支拔出的嫩薹似一把把箭，亭亭玉立，密集地插满田间，顶端的骨朵被一枚小小的芽叶呵护着，成长着。早晨的一滴露珠轻盈地点缀梢头，平添了几分高贵和品味。要不了多久，犹如变戏法似的，芽孢里分出了小小的岔，一支、两支、三支、五支……每个岔里都簇拥着嫩嫩的芽瓣，采完了一茬又一茬，一棵箭上竟能长出好多的花来。此间集镇上歪篮最畅销，歪篮是上好的芦苇编织的，像一个敞口的老式书包，歪篮口边拴了一根扁扁的麻绳，采菜时将麻绳系在腰间，歪篮贴紧肚皮，摘下的菜便妥妥地盛放在里面。

农谚说："夏至三天打跑菜。"此时只是采菜的热身，不久就正式进入采菜时节，那可是最为繁忙、最为辛苦，也最为赚钱的日子。到了中午，黄花灼灼，浓郁的清香满溢田间。这种香，有别于风吹花放的动香，它是连续不断的静香，是沁人心肺的幽香，是包在果肉里透出来的体香。此刻，人们极少看到金菜田里有穿梭的蜜蜂和飞舞的蝴蝶。菜农说：黄花的香叫夏香，不是春香和秋香，这种香味蜂蝶是闻不到的，只有人类才能闻到这夏香。这是多么独具慧眼的观察和见解，很庆幸从菜农身上长了见识！

骄阳下，适合采摘的金菜通体透黄，黄灿灿的，如金子般耀你的眼。菜农头戴斗笠、肩搭毛巾，穿行于金菜趟间，小心翼翼地用食指和拇指稳住金菜娇小的身段，中指轻轻用力，便可以采摘下来。

如果说，采摘金菜是一道细活，蒸馏更需极大的耐心，这道工序大多靠家庭主妇来完成。她们先是将采下的菜匀在圆圆的腊条筐里，然后加水上锅，锅上盖个笼帽，用麦糠在灶膛里生火，从开始到结束，都得慢火蒸馏，这样加工，夏香才可以长期留在晒干的黄花菜体内。急了，容易夹生，抿嘴的花角会张开嘴外泄花香；火烧油了，蒸出的菜会在晾晒时流香，色泽、口感都差，形成油条菜，影响品质。而出菜晾晒也不可操之过急，头天蒸馏的菜只有在第二天早晨晾晒，才可以保证金菜的成色。晴好天气，一般晒到六成干，再动手翻动一次，翻得勤了，菜容易变红，成色不好，自然卖不出好价钱。

在丁嘴，菜农把金菜喊作"摇钱树"一点也不夸张。因丁嘴金菜"条长粗壮、色泽黄亮、花大肉厚、营养丰富"的特点，很受消费者青睐，无论是煲汤、烧肉都非常爽口，不油不腻，还有利尿、安眠等诸多作用。土地承包到户，农家盖房、娶媳妇，手中缺了钞票，只要把采在大金缸里的金菜掏空，准能捯饬出千儿八百的，谁家没指望过她架事呢！

时光如白驹过隙，丁嘴金菜从明代万历五年（1577）有史记载以来，创造了一次又一次辉煌，成为一块不可多得的金字招牌。近两年，江苏省农科院"院地合作"挂职干部为丁嘴金菜量

身打造了一套系统的保鲜技术，通过"气调保鲜 + 保鲜剂 1-MCP"方法，将常温下保鲜期从三天延长至三十天，成功突破了一大技术瓶颈，最终盘活了一个产业，丁嘴金菜迎来了翻身的日子，一个大发展的势头正在兴起！现在丁嘴金菜的价格一路走高，超市里每公斤 100 元不倒价，亩均效益达到了万元。

如今的菜农已从繁重的劳作中解放出来，人们不再冒着烈日采摘了，梅雨天也不怕产生霉变，有自动烘干设备和保鲜库管着，产品储藏、深加工都不用操心。销售上依托苏果、大润发等超市，还有京东、淘宝，线上线下同步。为抓好产业服务，丁嘴镇还在丁嘴金菜合作社里建立了 27 个家庭农场集群服务中心，丁嘴金菜成功获批国家级农产品地理标志登记产品！

春天，姹紫嫣红的季节！当你徜徉在陌上连片的金菜田里，盈一抹淡雅的清香，那份与草木相依的时光，这一刻，足够你沁心明媚，心动不已。倘若在周末，你也可以带上你的爱人、孩子体验一下不一样的田园风光，当一回美食家，一定能体验到《舌尖上的中国》第二季第五集"相逢"里金菜炖猪蹄、金菜烧草公鸡的美味。要是想了解丁嘴金菜的文化底蕴，不妨走进 2000 平方米的仓基湖印象馆丁嘴金菜厅，同样让你触摸到丁嘴金菜的满溢平和的馨香。

沧海桑田金菜香

被誉为宿豫"东方明珠"的丁嘴镇，镇子不大，却因盛产"大乌嘴"金菜而闻名遐迩；人口不多，却走出了120多名铁骨铮铮的壮士，为世人景仰。千百年来，丁嘴人在这片神奇的地方铸就着勤劳、勇敢，书写着奋进、辉煌。在美轮美奂的小镇客厅，当你走进新落成的2000平方米仓基湖印象馆，你一定会被璀璨的历史文化、朴素的自然景观和厚重的人文积淀所震撼。古韵屐痕，令人流连；乡愁绵绵，令人忘返。

上了年纪的丁嘴人脑海中一定还记得那棵长在湖边跨越千年的古槐树，它是用来拴船的锚桩长成的。早在西晋元康五年（295），富甲天下的石崇在此凿渠开河，占田纳客，在湖岸筑

粮仓、植桑麻，在湖内种菱藕、养鱼虾。石崇的爱姜绿珠与采莲女荡舟湖上，采莲放歌，一时"风起湖难渡，莲多摘未稀"，此景难寻，此乐何极！石崇镇下邳八年，使仓基湖区五谷丰稔，仓廪俱实。到了明代，仓基湖依然盛极一时，宿迁古八景之首的《仓基莲唱》便是明证。"石家事业竟如何？请看仓基湖上波。一棹西风堪吊古，月明谁唱采莲歌。"清朝初年，黄河改道，滔滔洪水在宿城南冲倒黑鱼汪，又飞流东进，将仓基湖夷为平地。

沧海变桑田。赤脚上岸的丁嘴人在湖东嘴和西储嘴耕织桑麻，繁衍生息，依靠一株"长"金条的"摇钱树"，让世界瞩目。

"金针黄花丁嘴菜，山南海北没有盖。"丁嘴金菜种植历史悠久，"大乌嘴"品种为金菜中之极品，也是江苏土特中的名牌。据现有古籍和现代人文章考证，明代万历五年（1577）宿迁第一部县志就有记载。其次，见于《本草纲目》。丁嘴金菜原先作为贡品沿古运河北上南下，清季为出口商品，在东南亚尤负盛名，被誉为黄花菜中珍品。1988年在上海消费行为研究会、《文汇报》等13家联办的长城杯食品大赛中，一举获得"金龙奖"，2017年先后两次赴山东、上海展出。台湾农协会专门派出十多人赴丁嘴观摩，赞不绝口。丁嘴镇通过"公司＋基地＋合作社＋农户"，建成生产—冷藏保鲜—深加工—线上线下销售等完整产业链条，彻底解决了靠天吃饭的瓶颈。在基地带动下，全镇金菜面积发展到 6800 余亩。产品通过线上线下销售，每公斤价格卖到了近百元，为同类产品之最。

有着百年历史传承的"丁嘴跑驴"是展示丁嘴文化的一大亮点。丁嘴镇积极打造文化名镇，倾力坚守文化阵地，成绩卓然，被省文化厅命为"特色文化之乡"、江苏省公共文化服务体系示范乡镇。"丁嘴跑驴"已经成为独特的文化品牌，被列为江苏省非物质文化遗产保护项目，荣获江苏省五星工程铜奖，目前正在挖掘跑驴新套路，申报国家级非遗项目。

值得期待的是，丁嘴镇正在建设以丁嘴金菜、桃缘梦、省级蔬菜基地为主导的乡村旅游线路，将散落的红色文化发源地、特色民俗体验地、自然风光旅游点等串点成线，让游客一边品味平川沃野，一边铭记红色故事，感悟时代精神。

蔷薇花开

从文昌花园西路步行向北，你会被眼前一幕靓丽的风景所惊艳：高达丈许的蔷薇，顺着宿豫高中校园栅栏向上延展。自南向北，最先见到的便是一簇簇粉红色的小花，接着登场的为红色的花朵。它们肆无忌惮地跑出了校园，阳光下，淡淡的花香铺天盖地，向墙外的人们展示着攀缘的本领和倔强的灵魂。

二十年前，在嶂山林场，我第一次认识了蔷薇花。那么娇小柔弱，以至于心疼不已。当初，第一眼见到蔷薇便误以为是月季，只是缺乏园丁打理，开出的花儿个头小小的，似乎生活中遇到了太多的磨难。同伴说，蔷薇花开出来蛮招人喜爱的。这才暗自庆幸没有暴露内心的无知。此后，便牢牢记住了蔷薇花的模样。

蔷薇的种类很多，人们通常所说的蔷薇只是这类花的通称。花色有乳白、鹅黄、金黄、粉红、大红、紫黑多种，花朵有大有小，有重瓣、单瓣，但都簇生于梢头。

顺着"蔷薇墙"往前走，脚下已是落英缤纷。一个遥远的故事，穿越时光隧道飘然而至。

公元 280 年，晋武帝司马炎举兵灭吴，统一全国。在讨伐东吴战争中，城阳太守石崇表现出超凡的组织指挥能力，战后被封为"安阳节侯"，继拜为"黄门郎"。石崇镇下邳后，在泗沂流域占田纳客，荫庇亲属，役使百姓开河凿渠；他把规模宏大的垦荒队伍像管理军队一样，实行统一分工、统一劳作、统一作息的办法，无论是春种夏管，还是秋收冬藏，一声号令，万人响应。据《宿豫志》记载：今丁嘴镇丁庄村有土墩数座，为"击鼓会食"之所。

汉武帝时，曾作为诸侯王的领地"泗水国"本是一片膏粱之地，石崇在此役使民工垦荒，湖岸粮食连年丰收。石崇命人在仓基湖里植菱藕，在岸边种桑麻。石崇爱妾绿珠放歌湖上，笛声幽幽，引无数文人雅士击掌称颂。美丽的湖光秀水，烟波浩渺，莲藕飘香，鸟翔禽鸣，草绿花香，引来八方游客，渔舟唱晚，让人流连忘返、怡然自得。石崇特制画舫，让绿珠与采莲女一道，一边戏水，一边采莲。一会儿低吟浅唱，一会儿引吭高歌，跌宕起伏，满湖歌声不绝于耳。宿迁古八景之首的《仓基莲唱》，一时传为盛景。

相信为了爱妾绿珠极其美婢不受风尘侵袭及外人窥视，同时显示在世家大族、达官贵人面前的排场和富有，石崇搭锦丝布幛长数十里，其奢侈张扬令世人瞠目。然而，锦丝布幛难耐风雨，且收放费时费力，石崇想到绿珠最爱香花蔷薇，便不惜重金，征购淮泗间各色品种蔷薇，栽植在布幛两侧。石崇安排官兵和佃客800多人，不分昼夜，列队传水浇花。水催花发，一条长50华里的蔷薇花障，自仓基湖畔延伸到今泗阳境内的花井村。有诗为证："花井浇开万株花，石家锦障不虚夸。蔷薇羞于绿珠美，仓基棹声连天涯。"

如今，石家浇花的花井在丁嘴镇丁庄村张海组和泗阳县南刘集乡仍可见到。一阵微风吹过，一股淡淡的清香簇拥着我进入校园。我的侄子景儿就读于这所学校。他学习向来用功，近期又被选拔到南京参加学科竞赛，期待他似眼前的蔷薇花，在清瘦的叶片里钻出脑袋，绽放青春笑脸！

秋日感悟

"立秋之日凉风至。"时序已过了近二十天，夏日的尾巴却迟迟不肯缩回去，天气依然那么燥热沉闷，有时甚至让人感觉窒息。今年算是真正领教"秋老虎"的威力了。

曾经把春天比作一杯不曾勾兑过的烈酒，嗅一下也会叫你昏昏欲睡，一天到晚恍若梦中。好一个多梦的季节！曾经把夏日比作一杯茶，那是刚刚用滚烫的开水浸润，周身奔放着炽热的暖流，却难以入口下咽。而在冬天，那是一个肃穆静谧的世界，让人时常蜷缩起来，唯恐自己的一颗心也被冻伤，不愿释放给人看。最为宜人的当属秋天了，一个硕果累累，甘甜怡人的季节！

我敢说，秋天是大多数人喜欢的季节。不是吗，古人把最美的语言告诉了我们，"两侵坏瓷新苔绿，秋入横林数叶红"，"碧云天，黄叶地，秋色连波，波上寒烟翠"。这样的秋天何等纯净，仿佛荷叶里的水珠，晶莹透彻。总在幻想着，世界上每个地方的秋天都该是别无二致，天空是蓝的，蓝得如大海；云彩是白的，白得像棉絮；空气是清新的，没有一点儿杂质。普天下就是一幅完美无缺、美不胜收的美丽图画。

经历过舟曲之殇，看过了北川再痛；见过了俄罗斯森林火魔，巴基斯坦洪水之祸……秋天的背景被撕裂成碎片，多少人和灾区人一同疗伤！

秋天，原本是最灿烂的季节。它饱含了多少人的向往、希望和梦想。一直以来，我们每个人的人生四季中，哪一年都在坚守自己的领地，找寻属于自己的果实。然而如今自然界的多灾多难，也使我触摸到了自己的心灵之痛。数年前的一场关乎人生命运的考试又历历在目。那篇题为《金秋》的命题作文，整整耽误我的四年人生中的黄金期、青春期。于是，心里总在耿耿于怀、不能释怀、不能忘怀。现在回想，也许改卷人是对的，他可能完全陶醉在秋天的大自然的情境之中。而我那篇被视为"跑题"的作文也没有错，毕竟那是大包干以后给全国老百姓带来的沉甸甸的"金秋"！那是多么让人心花怒放的"金秋"哦！

忽然想到，人的一生正如四季，经历过和风细雨，阳光雨露，绝不算领略真正意义上的季节，疾风暴雨、电闪雷鸣同样是自然界四季的组成部分。即使不多见，但每一次洗礼，都是铭心刻骨的。不经风雨，不见彩虹，凡事只要坦然面对，才能收获人生中最美丽、最灿烂的季节！

桃花梦

一定是农历二月的天气了，阳光暖暖的，空气里弥漫着一股香气。走在阡陌纵横的田埂上，脚下踩着青柔的小草，满眼绿色的麦苗、油菜郁郁葱葱。天空那么蓝，那么净。走近村头，一种惊喜顷刻涌上心头。房前屋后的桃花全开了，那是何等壮美的景色！

照例是草缮泥巴墙，矮矮的，心细的人家还用草衫覆盖了墙裙，而粗心的农人任其墙面锈蚀也懒得管，唯有门前屋后的桃花重葩叠萼，浓香扑鼻，占尽春光。20 世纪 80 年代初，风靡全国的金曲——《在那桃花盛开的地方》中所唱之景与这里别无二致。

热闹的是桃花，愉悦的是我此刻的心情。忽然想起汪伦送别李太白的桃花潭水，想起千古名篇《桃花源记》，想起崔护的桃花诗。

"桃之夭夭，灼灼其华。"仙境一般的小村落到处都是粉红粉红的桃花，为本来就很醉人的春天平添了几多艳丽。正对着满目的桃花出神，村头的大哥笑呵呵地让我坐坐。

大哥年届八旬，与我老家隔个大汪，我家住在前面，他家住在后面。这位20世纪60年代的老高中，说话慢慢腾腾，开口说事总是谦逊、文雅得很。比如让座，总说"您请坐"，客人到了门口，他出来迎接，总是客套一番，伸出右手说"你请"。小时候对他这番客套不以为然，还认为他汉语学得不好，"您请坐"不应该说成"请您坐"吗？长大后，才觉得自己多么幼稚、无知、可笑。

大哥还是讲故事高手，博古通今，帝王将相、三国红楼，他能不重茬讲。20世纪80年代初，改革开放的春风吹来，百花齐放百家争鸣，可老旧书籍却还没有"解禁"。庄上有个任姓老人，官称"老任"，没事就找人刻钢板，那些《三字经》《三言二拍》等印刷出来，他骑上羊角把自行车把书带到市场说书的地方，居然出奇地好卖。那时法律不健全，还没打击盗版书。大哥对老任的行径嗤之以鼻，认为他干的是投机倒把的勾当而不屑一顾。我对他俩倒是佩服得五体投地，老任的老花镜度数非常高，从镜片的使用频率来看，从早到晚一直架在鼻梁处，可想而知看过多少书。

看着我远去的背影，大哥在我身后还是一个劲地吆喝，我头也不回，径自向桃园走去。趁大好春光，独自徜徉在融融春光里，生怕辜负了朵朵桃花的美意，错过了聆听桃花盛开的声音。

自古以来，桃花就是情爱的象征。是的，宝黛的爱情只有在桃园里才显得那么生动、那么多姿。贵妃醉酒的仪态也难有唐明皇为她插戴桃花那么迷人，让人羡慕和妒忌。人面桃花，光彩靓丽，一种不事雕琢、素面朝天的自然美，从来就是上苍的先天恩赐，实在是后天无法比拟的。

在桃林的尽头，一条宽宽的马路向远方延伸，一辆客车风一般在路上行驶，车辆最靠前的座位上有一位熟悉的朋友在向我招手，迷人的笑容竟如桃花一般。

一觉醒来，不见了我梦境里纯朴的小村，不见了桃花源里的景色。我知道再过两个多月桃花会在我的眼前绽放，这个绮丽的梦也许在昭示春天真的快要到了！

久违的雁阵

周末回家，夜里的一场大雾终究没能抵挡得住太阳的光芒，中午 11 点已渐渐消失得无影无踪。

走上庄头，忽然见到久违的雁阵，从东北向西南方向飞去，先是排成"人"字形，后又排成"一"字形。雁阵过处，只听雁翅"唰唰"，其中有两只大雁不停地招呼着同伴。我很少读过关于鸟类的书籍，但我在揣测，大概是头雁和尾雁一唱一和，始终保持着联系。

老家有句话，形容猥琐男觊觎美少女叫癞蛤蟆想吃天鹅肉。这句话里的"天鹅"便是大雁，老年人喊它"刺龙"，它们在飞行途中发出叫声，孩提时我们总爱仰望天空，目送大雁"给嘎给嘎"从空中掠过。八岁那年，祖父从南湖捡到一只被人猎杀后奄奄一息的大雁。大雁体型很大，与家养白鹅不相上下。奶奶打理好它的内脏和羽毛，便把它切成块放在锅里焊，经过好长时间，粗粗的肉丝才能用筷子戳得动，好在牙口好，嚼起来倒也不费劲。满嘴生香的滋味，至今还能回味出来。

关于大雁的故事很多，但大多比较凄美。苏武出使匈奴被扣，吞毡饮雪牧羊十九个春秋，汉昭帝派使者提出苏武归汉，单于谎称苏武已死，有人给汉使出策，说天子射到一只大雁，足上系有帛书，上书苏武在北海牧羊，单于最终只好将苏武放归，遂有了"鸿雁传书"一说。宋代女词人李清照的《声声慢》说："雁过也，止伤心，却是旧时相识。"《一剪梅》里："云中谁寄锦书来，雁字回时，月满西楼"，都是思婿之作。清代女词人贺双卿将自己凄凉悲苦的身世，比作离群孤飞的大雁。《惜黄花慢》有云："碧尽遥天，但暮霞散绮，碎剪红鲜。听时愁近，望时怕远，孤鸿一个，去向谁边。素霜已冷芦花渚，更休倩、鸥鹭相怜。暗自眠，凤凰纵好，宁是姻缘。凄凉劝你无言，趁一沙半水，且度流年，稻粱初尽，网罗正苦，梦魂易警，几处寒烟。断肠可以婵娟意，存心思、多少缠绵。夜未闲，倦飞误宿平田。"

还有一个传说，是关于海南神童的故事。大概明代，有个小女孩极聪慧，皇帝要召她入宫。她想到自己小小年纪，离乡背井，关山重重，相隔万里，不免潸然泪下，怎奈君命难违，离别时，挥泪写下了这首五言绝句："别路云初起，离亭叶正飞，所嗟人异雁，不作一行归。"着实令人动容，唏嘘不已。结果皇上开恩，让她留在海南。

这些大雁的传说虽觉伤感，其实今天想来还是很自豪的，毕竟苏北最大的"氧吧"引来了久违的大雁，环境好了，百鸟栖息于此，岂不是值得高兴的事吗。

倪牌坊

乾隆年间，丁嘴西部程祠堂（现登山村）有一程姓姑娘与其相距不远的倪姓小伙订婚。婚后不久，小伙子暴病身亡。程女悲恸不已，亲友劝其改嫁，程女断然拒绝，甘愿充当倪家寡媳。程女自从到了倪家，终日勤劳，侍奉公婆，极尽孝道。后来，婆家兄嫂也相继亡故，程女便承担抚养老人和侄子的义务。在她的悉心照料下，侄子苦读经书，最终功成名就，在京城为官。

此后，程女与公婆相依为命，她善待老人如亲生父母，公婆对她也视为己出。公公去世后，程女和婆婆相依为命，她干活不怕苦，不嫌老人脏，在村民中有口皆碑。一日，程女外出为官多年的侄子思家心切，便禀告嘉庆皇帝："为臣不是父母亲抚养长大的，是婶娘带大的。家乡路途遥远，回乡委实不易。上次回乡已 30 年有余。为臣公务繁忙，实在难以脱身。自古忠孝不能两全啊。"皇上开口道："这样的事你怎么不早说，朕准两月假期，赶紧回家看看吧。"于是，侄子即刻收拾停当，便动身探亲。

倪姓后生昼夜兼程，一连走了八天八夜方才匆匆赶到老家。从村上三老四少口中得知，祖母病故多年，下葬时，家中无分文银两，是婶子剪下长发卖掉，东拼西凑买了棺材，才将祖母好生安葬入土。倪氏后生不禁潸然泪下，悲痛心情可想而知。在打听婶娘下落时，村民告诉他，婶娘终身未嫁，一辈子守节，因家务劳顿，积劳成疾，也在年前去世。

倪姓后生痛不欲生，感觉此生对不起婶娘。他上坟给婶娘化纸祷告，免不了又是一番倾诉衷肠。

回到京城，倪姓后生向皇上复命，并把婶娘如何待己、如何待家人一一向皇上叙说。嘉庆皇帝感动万分，当即下旨，命地方官府为程女竖节孝牌坊。地方官府对程女从一而终、善待公婆的"高风亮节"早有耳闻，对立牌坊热情有加。嘉庆皇帝还挥动御笔为牌坊亲书"节孝坊"三个大字。嘉庆二十四年十一月牌坊建成，高约 8 米，由四根直径分别为 1.4 尺的石柱子支撑，上顶两头有两个石狮环抱，中间高悬嘉庆皇帝的圣旨和亲书的"节孝坊"三个石刻大字，整座牌坊很为壮观。

　　然而遗憾的是，由于 20 世纪 50 年代初，兴建刘老涧船闸需要石头，本乡乡长带人用绳索将牌坊拉倒。他们把牌坊石块运往 20 里外刘老涧船闸换小豆，哪料第一批运走石料的人途中便接到消息：船闸上不要石头了。他们遂将石头遗弃在路边。当年宏伟壮观的牌坊建筑如今仅存一块高 1.5 米、宽 1 米的石碑。石碑经历数年东挪西搬后，至今仍竖立在倪牌坊村路边地头。圣旨碑文、石狮子、石鼓、石碓窝等断壁残垣或砌进墙壁、或扔进汪塘里，尘封了那段今天鲜为人知的历史。

英雄树

储嘴村张圩组前面有个大汪，大汪北边长有一株榔榆。人们都把这株榔榆叫做"英雄树"，因为它是新四军排长、革命烈士张定贤亲手栽植。

榔树，又名小叶榆、豺皮榆，在宿迁乡下，人们习惯称之为小麦榆、虮榆等。榆科榆属落叶或半落叶常绿乔木。喜光，稍耐阴，喜温暖气候。亚热带树种，也是地方土树种之一。榔榆树形优美、姿态潇洒，树皮斑驳、枝叶细密，在庭院中孤植、丛植，或与亭榭、山石配置都很合适。木质坚硬、耐磨、抗压力强。树皮纤维强韧，可作绳索和供人造纤维等。过去宿迁境内广为栽植，由于它发叶晚，农民在青黄不接之际，不仅采摘嫩果，而且采摘嫩叶度春荒，甚至剥下树皮充饥，被人们称之为"救命树"。宿迁境内榔榆虽多，但古树甚少。在丁嘴镇，唯独张圩组张用志门前有一株，系新四军老排长张定贤于1928年在宅前亲手所植。

张定贤兄弟四人，他排行老二。张家过去贫苦，吃不饱、穿不暖。仅有的一些农用工具和家具还遭受过土匪的两次抢劫。穷得叮当响的张定贤在7岁那年，从漫天野湖里找到一株榔榆树苗，栽植在家门口，期待能让家庭度饥荒讨活命。

一家老小张嘴要吃饭，可愁坏了张定贤的老父亲。在兵荒马乱的岁月，老人雇工一年也积攒不到多少粮食，便鼓励儿子出去闯荡。那时候，共产党已经到地方秘密活动，宿迁县委书记马仑还经常到附近张圩、朱团庄一带活动。

共产党为穷人着想，帮助穷人翻身斗地主。张家认为紧跟共产党才有出路、有盼头、有奔头。1935年，张定贤在父亲的劝说下，悄悄离开家乡，跟着共产党的部队走上了革命道路。在部队五年时间，张定贤参加战斗无数，南征北战、英勇杀敌，从枪林弹雨中成长为一名坚定的革命者。在部队首长的教育培养下，由一名士兵提拔为新四军排长。

抗日战争时期，大兴镇是宿迁县东重镇，储嘴张圩组与大兴相邻。日军战机多次轰炸，日伪军三天两头清乡扫荡，滥杀无辜，犯下滔天罪恶。

1939 年农历正月初八，日寇四架飞机轮番轰炸大兴集，多处民房起火，牌坊底的油坊桑木大榨被炸得飞上天，房屋被烧得连挂灯的木橛子都没有。"生大字号"姓朱的小老板一个头剃三天，正剃着听说鬼子来了，连忙就跑。等到第二天再剃，还没有光脸，又忙去躲飞机，真是人人自危，惶惶不可终日。日伪军得知宿迁区队掩护在大兴集东的高圩，便出动飞机从大兴向东飞来。日军飞机炸过高圩，继续低空向东飞了三里地。张圩以及附近村民看到日军飞机，吓得躲的躲，藏的藏。张定贤的妻子赶紧拉着两个孩子躲藏在锅屋里。这时，只听"轰"的一声巨响，家中草屋上芦柴笆都被震塌了，幸亏人没被木头砸到。可其他人家却遭了殃，村民张用善的父亲被炸死，张用兖的哥哥被炸死，还有一个拉黄包车路过的人被炸死，留下的炮弹坑近 2 米宽，深达 1 米。

日军的暴行激起了人们的强烈愤慨。张定贤的弟弟张鼎贤受到哥哥的影响，在一个深夜毅然决然地投奔了共产党领导下的人民军队，走上了抗击日寇侵略的前线。

1940 年 10 月，老排长张定贤在泰兴张家桥战役中不幸牺牲，年仅 29 岁。时隔八年后，张定贤的三弟张鼎贤也在盱眙英勇牺牲，时年 32 岁。

张定贤儿媳妇王学兰今年 86 岁，娘家在关庙镇泰山村，她的二叔叫王凤怀。女大当嫁，王学兰 22 岁那年有人为她说媒，男方便是张圩的张用志。

旧时男女双方联姻都要相互打听对方的家庭情况，包括为人、政治背景等。王学兰嫁给一门双烈家庭，自然也不用打听过多的信息。这件事却引起了王凤怀的注意。王凤怀详细问了男方的家长里短，王学兰一五一十地告诉二叔。当王凤怀了解到侄女牺牲的公公叫张定贤时，不禁悲从心生，泪水涟涟。原来，王凤怀和张定贤同属一个连队，两人家乡都在宿迁，一个在丁嘴，一个在关庙，并且两家相隔不到20里，便以兄弟相处，他们想着革命胜利后回到家乡还可以经常聚到一起。没想到在泰兴战斗中，张定贤光荣牺牲在前线阵地，自己却等到了解放的那一天。

王凤怀告诉张家，张定贤牺牲后，与好几名战友一同被埋在一个农家的东墙角，只是不记得具体地点了。

冬去春回，到了1941年春天，张定贤植下的榔榆开始发叶了，饱受苦难的张家人在立夏时节没有心思再去采摘榔榆树叶。这一年，庄上的乡民们宁愿挨饿，也绝不从这株榔榆上捋下一片树叶，人们从此把这株榔榆唤作"英雄树"。张定贤的儿子张用志已是84岁高龄，每年清明时节，他都要在这株榔榆树下为牺牲的父亲磕头化纸，寄托哀思，缅怀父亲的悲壮人生。

如今，这棵历经沧桑的百年榔榆，树高9.5米，胸径0.4米。因靠近汪塘边，年年养的鱼拱开了水边的泥沙，榔榆遭受水渍影响，已经有所倾斜。经水泥砂石浇筑抢救，树干得到牵拉、支撑，保护良好，生机盎然。老排长生前栽植的榔榆留给人们永久的纪念。

我的创作之路（后记）

——写给自己和跟我一样爱好文学的你

我从小喜欢看书，三年级看过《高玉宝》，四年级看过《野火春风斗古城》，后来又看了《苦菜花》。中学阶段，身体出了故障，两年后才完全恢复。幸亏屋后有棵洋槐树，会盛开一束束白花，一股清香从窗户里飘来看我，暖了我的心。

感谢那段痛苦时光，我在家休养，小脸捂得跟白面馒头似的。庄上有个老木匠，他家有台收音机，对我有着超强的吸引力。我的姑家老表跟老木匠学艺，我整天泡在那里听听书，学学歌。别人见我"闲"得要命，力劝我也追随鲁班同志，将来便于找个对象，养家糊口。一天，老木匠和老表对拉大锯，给丧葬户

"开大料"，瓷盆口粗的木头，下端被埋在地下，上端放上大锯，两人"呼哧呼哧"，大汗淋漓，只把我吓得内心发誓：老表学徒三年出师，我三年内要在文字上有所作为。

我家西南角有个储嘴大队，团支部生活绘声绘色。"青年之家"藏有千册图书，我通过同学去借，读完就还，还了再借。我从此"认识"了王蒙、刘心武、刘绍棠、蒋子龙、张贤亮、李存葆、张洁、陆文夫、铁凝、赵本夫等文学界翘楚。

文学的甘甜乳汁滋养了我，我这个人生活简单，吃喝不在乎，攒点钱就送给新华书店，一块钱一本的《人民文学》《小说界》《收获》《十月》《雨花》等文学刊物，和我成了朝夕相处的朋友。

书看了不少，却没有转化成"生产力"。我试图修正自己前进的方向。我不能再让父母牵肠挂肚，我要为贫穷的家庭生计分忧。父亲为让我早日"脱单"，把我找进了织布厂做仓库保管员。厂门口有个大喇叭，每天播报新闻，尤其地方新闻，长的两三分钟，短的只有一句话，叫做"一句话新闻"。心想，这有何难？我也能试试。几篇稿件试过，我堂而皇之走进了政府机关。长期的新闻写作，素材积累多了，为我的文学创作提供了足够的能源。2015 年，我尝试长篇小说创作，《那道弯弯的河》成稿了。《宿豫文艺》杂志编辑不嫌弃，分期刊登了这部处女作，这个"后门"几乎开了杂志有史以来的"先河"。此后一发不可收

母亲花 MUQINHUA

拾，2021 年，长篇小说《春望》出版，2023 年，长篇小说《西老荒》也将付梓。

这次结集出版的文章，自觉较为满意的篇幅不多，笔拙多谬，有些小家子气。愿读者诸君勿介意，权当茶余饭后的一包葵花籽，能香个嘴，我就心满意足了。